FLYVEREN II

FLYVEREN II

Døden kom til frokost

Af Kurt Grøndahl Mortensen

© 2010 – Kurt Grøndahl Mortensen
Sats og omslag: Books on Demand GmbH
Forlag: Books on Demand GmbH, København, Danmark
Fremstilling: Books on Demand GmbH, Norderstedt, Tyskland
Bogen er fremstillet efter on-Demand-proces

ISBN 978-87-7691-757-9

1

Oberstløjtnant Mikael Lassen sad på sit kontor netop tilbagekommet fra Europamesterskaberne i kunstflyvning afviklet i Esbjerg Lufthavn. I løbet af de 8 dage han havde været fraværende fra jobbet i Karup havde en hel del papirer hobet sig op på hans skrivebord.

Bl.a. lå her en besked fra Oberst Lund, chef for FSN Karup, om at sætte sig i forbindelse med ham.

»Gud ved hvad han nu har i ærmet?« Tænkte Mikael idet han tog telefonen og ringede op.Efter at være blevet stillet ind til Lund, sagde han:« Goddag Hr. oberst, De taler med oberstløjtnant Lassen fra Enheden.«

»Goddag, Mikael, det var godt at De ringede .Gik Mesterskabet i Esbjerg godt? Jeg har fulgt lidt med i sportsudsendelserne i TV, jeg så Dig åbne showet fra slutopvisningen med en ensædet Zlin. En imponerende maskine.«

»Tak, – det var slet ikke meningen at min flyvning skulle have været et led i opvisningen, jeg fik bare lyst til at prøve den ensædede type og lånte et fly af czeckerne og så troede alle at jeg var med i showet. I virkeligheden skulle jeg blot speake de andres opvisninger.

Hvad kan jeg ellers tjene Dem med?«

»Jo« svarede obersten, »Jeg har fået et brev fra Ch. FLV som beordrer Flyvestationen til at udvide depotet med reservedele til T33. Hvorfor nedlægger De jeres eget lager?«

»Det er skam heller ikke med min gode vilje, men revisorerne i NATO's hovedkvarter har fundet ud af, at Enheden er meget dyr i drift og at man skal spare på driftomkostningerne og nedlæggelsen af vores reservedelslager skulle give en besparelse.«

»Ja så, betyder det så at vores depot skal stå for alle indkøb af reservedele til at holde Enhedens fly i luften?«

»Ja« svarede Mikael, »det er jeg bange for. Desværre tror jeg, at det på længere sigt, vil give os en hel del vanskeligheder. T33 har jo med det høje antal flyvetimer vi byder dem også et betydeligt forbrug af de såkaldte »sliddele«. Det indebærer, at depotet til stadighed må ligge inde med et lager af disse dele for at flyene altid skal være operationelle.«

»Det lyder som noget vi omgående må have taget fat på. Økonomisk betyder det, at Flyvestationen i første omgang må lægge ud ved købet af bemeldte reservedele og derefter ved forbrug, sende en regning til NATO.«

»Det er nok den måde man må gribe sagen an på.« Sagde Mikael

»Vil De tage kontakt med løjtnant Halgreen på depotet for med ham at aftale de nærmere omstændigheder?«

»Har Du noget imod, at jeg sender min chefmekaniker Eskesen derned han ved nøjagtigt hvilke indkøb der først og fremmest skal gøres og han får ansvaret for at udfylde de nødvendige formularer ved afhentning af stumperne,« påpegede Mikael.

»Jeg håber, at dette vil kunne afvikles uden vanskeligheder. Tak for opringningen.«

Straks efter at have ringet af, kaldte Mikael op for at få fat på seniorsergent Eskesen på værkstedet.

»Eskesen ! Det er oberstløjtnanten. Vil De snarest muligt komme her over på mit kontor. Det drejer sig om omlægning af vort depot til Flyvestationens centrallager?«

»Javel Hr oberstløjtnant, jeg skal være der om et kvarter. Jeg skal lige have vasket olien af fingrene.«

Mikael gik ind til Major Ebbe Madsen i operationsafdelingen for at få en sludder om planlægningen af skydningerne med øvelsesraketter i Borris om 14 dage.

»Vi kan nok ikke nå at få alle igennem, vi har jo kun området en enkelt dag, så jeg har lavet et udkast til planlægningen, som først og fremmest omfatter vores nyeste tre piloter og derefter i den tiloversblevne tid, de piloter som klarede sig dårligst i Brindisi,« Sagde Ebbe.

»OK, svarede Mikael,« det lyder jo fortræffeligt. Skal jeg tage med dem derned ? Vores nye kaptajn skal jo selv deltage.«

»Det synes jeg lyder som en god ide'. Vi må nok lave lidt om på vagtplanen for den dag, således at vore hjemmeværende piloter bliver sat på.«

»Godt ! Tag først og fremmest de som havde fri dagen i forvejen. – Har du i øvrigt noget kaffe på maskinen, min er gået tom!«

»Ja, forsyn dig endeligt.« svarede Ebbe .

I det samme kom Eskesen ind i bygningen.

»Kom endelig ind« svarede Mikael ovre fra kaffemaskinen, »Vil De have en kop med?«

»Nej tak »svarede Eskesen. Jeg har vist allerede fået rigeligt for i dag.

»Godt, vi går ind på mit kontor.«sagde Mikael og pegede ned af gangen.

»Eskesen,som De har hørt lidt om tidligere, skal vi så småt til at nedlægge vort reservedelslager. Vore høje chefer i NATO har fundet ud af, at vi kan spare penge ved ikke selv at have hele sortimentet af reservedele liggende Det er der jo en vis reson i, idet vi jo aldrig ved hvilke dele vi måtte få brug for.«

»Ja, det er jo rigtigt nok« svarede Eskesen, »men vi har jo en hel del småting som hele tiden bliver brugt løbende.«

»Sandt nok. Vi skal derfor ikke af med hele vort lager nu, men kan tære på vore beholdninger så længe vi har dem. Når enkelte reservedele er ved at blive brugt op, skal vi i stedet rekvirere nye på Flyvestationens reservedelsdepot .For at sætte dette i scene, skal De tage ned til depotet og tage en snak med løjtnant Halgreen, som leder dette. Find ud af hvilke stumper

der bruges flest af og få ham til at tage rigeligt hjem af dem.
Således at vi er sikre på at kunne have dem til rådighed, når
behov opstår.«

»Hvad med papirer, der skal udfyldes hver gang vi skal hente
stumper?« spurgte Eskesen.

»Det synes jeg De skal ordne i alle detaljer sammen med ham.
Sørg for at han forstår vigtigheden af have alle reservedele, store
som små til rådighed hele tiden. Det er betingelsen for, at vi til
stadighed kan holde vore fly i luften. Vi må aldrig komme ud
for at skulle holde fly uvirksomme på jorden i ugevis, fordi vi
mangler reservedele. Efter at De har talt med Halgreen, skal
De skrive en rapport om forløbet. Chefen for Flyvestationen
skal bl.a. have et eksemplar.«

»Javel Hr oberstløjtnant, det skal jeg se at komme i gang med
omgående.«

»Fint, Eskesen. Lad mig vide, såfremt der opstår vanskelig-
heder med dem dernede!«

* * *

Knud Berg kom ind med toget til Københavns Hovedbane-
gård kort efter frokost .Han tog en taxa ud til Kastellet, hvor
han gik direkte op på sit kontor for at færdiggøre sin rapport
vedr. overvågningen af professor Bluthmann fra DDR, som
havde været overdommer ved VM i kunstflyvning på Esbjerg
Lufthavn.

Opgaven var forløbet helt uden problemer, idet Bluthmann
ikke havde gjordt anstalter til at forlade stævnet, men helligede
sig sit job som overdommer helt og holdent.

Da Berg var kommet op på sit kontor, blev han af Sørensen
bedt om straks at komme ind til direktøren på dennes kontor.
Han begav sig derhen og efter at have banket på døren og var
gået ind, bemærkede han til sin overraskelse, at oberstløjtnant

Christensen også var tilstede.Han havde stillet sig i kontorets ene side henne ved vinduet. General Brockhuus` ansigt lignede et tordenvejr.

»Sæt Dem ned der!« sagde han med stentorrøst idet han pegede på en stol der stod foran skrivebordet

Knud Berg satte sig overrasket ned, som han fik besked på. Han brød sin hjerne med at finde en årsag til at han var blevet tilsagt til direktøren, og at Christensen var tilstede. Skulle han mon forfremmes eller hvad ?

»De har bedraget os!« sagde Brockhuus med høj stemme. Berg blev helt bleg, hvad skulle det her betyde? Han blev helt tom i hovedet. Direktøren fortsatte :

»Vi har klare beviser for, at De har givet oplysninger til DDR ambassaden i adskillige tilfælde.

»Det har jeg aldrig gjort!« Stammede Berg. »Der må foreligge en misforståelse.«

»Hold nu bare op med det der!« brølede Brockhuus idet han tog en tyk mappe fyldt med papirer og holdt det frem mod Berg. I dette chartek har vi samlet klare beviser for, De i 1971 deltog i et agentkursus ved en af KGB's skoler i Moskva. Siden at De under falske omstændigheder lod Dem ansætte her i efterretningstjenesten, har De til stadighed ladet fortrolige oplysninger sive videre til DDR ambassaden. Var det Stasi som stod bag ? – Nok om det. De kan betragte Dem som afskediget omgående og uden pension. De vil blive sat under arrest og overgivet til Auditøren, som vil anklage og retsforfølge Dem. De vil i fornødent omfang, blive afhentet fra fængslet til afhøring her i huset. Christensen vil forestå disse afhøringer. Af hensyn til sagens hemmelige karakter, vil De få beskikket en forsvarer udpeget af Auditøren. Har De noget at tilføje Christensen?«

Christensen rystede på hovedet. Brockhuus trykkede på knappen til samtaleanlægget .

»Fru Jensen, vil De sende folkene fra militærpolitiet herind for at afhente arrestanten?«

« Straks hr direktør.« Svarede hun.

Det bankede på døren og tre granvoksne politisoldater kom ind på kontoret, satte håndjern på Knud Berg og trak af med ham.

»Nå, så fik vi da stoppet vores mulvarp. Lad os nu håbe at vi fremover kan beholde vore hemmeligheder for os selv. Når vi fremover skal antage folk til tjenesten, må vi være nærmest hysterisk grundige, for ikke at skulle opleve en lignende situation igen.«

»Ja,« svarede Christensen. »Jeg tror at vi fremover vil checke nye aspiranter såvel i PET (politiets efterretningstj.) og CIA foruden vore egne kanaler så vi kan være helt sikre på nye folk i fremtiden.«

* * *

Telefonen på Mikaels kontor ringede. Det var general Jackson fra Belgien som var i røret.

Mikael tilsluttede straks kodeforsatsen så de kunne føre tjenstlige samtaler uden at andre var i stand til at forstå, hvad de talte om.

»Hei Mikael,« sagde Jackson, »Jeg har nu fået endeligt fastslået, at det bliver en tysk eskadrille som til maj overtager flyvningen fra de danske piloter. Tyskerne er allerede så småt begyndt at varme forberedelserne til flytningen op. De flyver med Fialt G6 jagere og skal derfor fremsende en hel del containere med reservedele og specialværktøj til deres fly. Jeg vil foreslå dig, at du sammen med din næstkommanderende allerede påbegynder planlægning af containernes placering. I må også påregne, at værkstedet bliver sat til gæsternes afbenyttelse.«

»Vi tager omgående fat på at forberede planlægningen. Jeg har i øvrigt tænkt på en ting i forbindelse med tyskernes brug af værkstedet. Vil det ikke være på sin plads nu da Seniorsergent Eskesen skal indtage en overordnet stilling som værkstedschef, at han blev indstillet til forfremmelse til løjtnant af specialgruppen?«

»Det har jeg faktisk ikke skænket en tanke, men det lyder da rimeligt, hvad du der siger. Jeg vil lige vende tanken hernede på personelsektionen, så kommer jeg tilbage om sagen,« sagde Jackson.

Har Du hørt, at FE har arresteret Knud Berg så snart at han kom retur fra Esbjerg. Han blev taget med bukserne nede – helt uforberedt på hvad der overgik ham.« sagde Mikael.

»Nå, det var da godt, at de endeligt fik fat i deres mulvarp. Hold dog stadig godt udkig efter eventuelle fremmede spioner. Russerne har nok ikke opgivet at få undersøgt sagen endnu.«

»Nej, det har du nok ret i. Vedrørende Knud Berg har de foreløbigt indsat ham i Vestre Fængsel. De har bestemt at fremstille ham for en militærdomstol, idet der er for mange hemmeligheder involveret i denne sag til at man vil risikere at pressen får fat i den. Jeg bliver sikkert indkaldt som vidne i sagen. Det var jo faktisk mig, der fik sat ham under lup.«

»Ja, det bliver du sikkert. Sig mig, hvad har Du kørende på uddannelsessiden i Enheden?«

»I næste uge skal de nye piloter på skydning med øvelsesgranater i skydeterrænet i Borris. Vi har området hele dagen, så vi lader også de piloter der ikke klarede sig så strålende nede i Brindisi, deltage i det omfang der bliver tid til det. Her i efteråret venter jeg også at få besked om at både Ebbe Madsen og jeg skal påbegynde et omskolingskursus til Draken. Der går rygter om at Flyvevåbnet snart får en simulator til Draken. Det gør det jo noget nemmere og billigere at få tilstrækkeligt med øvelse på det nye fly.«

»Det lyder godt, så har I jo nok at tage Jer til. I næste uge starter en stor flådeøvelse i Middelhavet. Det vil utvivlsomt giver Enheden en masse ekstra flyvninger til Sydeuropa. Vi må se at finde ud af i hvilke lufthavne, I skal lande med depescherne. Desværre har Jeres piloter ingen øvelse i at lande på hangarskibe. Englænderne har ellers et par stykker med dernede.« svarede Jackson.

»Jeg vil så foreslå, at der står en helikopter klar til at modtage vore ordrer hvor vi lander. Disse vil så nemt og enkelt kunne flyve dem direkte ud til den kommanderende admiral på havet.« Sagde Mikael.

»Hvorfor pokker har jeg ikke tænkt på det? Det er jo simpelthen løsningen på problemet. Genialt Mikael!« Sagde Jackson begejstret. De ringede af.

* * *

Knud Berg fik et let skub i ryggen, så han tumlede ind gennem døren som blev smækket i med et brag.

Endnu lettere chokeret efter de nyligt stedfundne begivenheder vendte han sig mod den lukkede dør, kun for kunne høre slåerne på den anden side blive skudt for.

Forskræmt gav han sig til at kigge på det rum, han var blevet låst inde i. Cellen, for sådan en var det, målte omkring 2½ meter i bredden og ca. 5 i dybden. Væggene var malet i en skiddengrå, halvblank farve. Op ad væggen i højre side var en stålramme med springfjedre i midten skruet forsvarligt fast i væggen. Det måtte være hans seng, for i den ene ende lå et par sammenlagte tæpper og en flad hovedpude. Op ad væggen stod en velbrugt madras stoppet med noget der lignede hestehår.

For enden af cellen sad højt oppe et diminutivt tilgitret vindue. I glasrammen var i det ene hjørne, anbragt en lille lem med et åbningsbeslag, så han havde mulighed for at få lidt frisk luft ind i cellen.

I væggens venstre side var monteret en håndvask af rustfrit stål med en hane. Ved siden af var anbragt et vandskyllende closet. I stedet for et toiletbræt var et par formgivne træklodser skruet fast i selve porselænskummen. Der var ikke noget skab i cellen, men da han kun havde den mørkeblå overtræksdragt på, man havde bedt ham iføre sig, da han samtidigt blev frataget sit civile tøj, havde han ikke noget at bruge et sådant skab til.

»Nå, sådan så en celle i Vestre Fængsel altså ud.«

Her skulle han sandsynligvis tilbringe den næste månedstid.

Han gik over til sengen, lagde madrassen ned på springfjedrene og satte sig på den. Da Knud Berg var blevet slæbt ud af direktørens kontor på Kastellet, bragte de tre militærpolitibejente ham ned til en bil, som holdt parat neden for bygningen. Motoren var i gang, og der var en chauffør bag rattet .Med en betjent på hver side blev han sat ind på bagsædet, mens den tredje betjent satte sig ind på forsædet i vognens højre side. Derefter kørte de ham hen i dommervagten, hvor man i forvejen havde bestilt tid.

Han blev her præsenteret for sin militære forsvarer, en kaptajnløjtnant Meyer fra auditørkorpset Meyer var som jurist ansat i Søværnet med tjenestested hos Auditøren for Danmark . Knud Bergs sagsakter var allerede tilgået ham. Derefter gik selskabet ind i retssalen, hvor der sad en vagthavende dommer i sædet ved skranken. Her blev han for lukkede døre fremstillet i grundlovsforhør. Anklageren, en major i hærens uniform, læste anklagen op, og dommeren afhørte anklagede Berg om de nærmere omstændigheder fremført i anklageskriftet og spurgte derefter forsvareren om han havde bemærkninger at lægge til. Denne svarede, at det havde han for nærværende ikke. Dommeren bestemte så at ville følge anklagerens anmodning om at få Berg fængslet i isolering 1 måned, således at Auditøren fik lejlighed til at foretage yderligere opklaringsarbejde og derefter at få tid til at udfærdige det endelige anklageskrift.

Efter domsbehandlingen blev Berg kørt ud til et midlertidigt ophold på Svanemøllens kacerne. Der blev han frataget sit civile tøj, fik udleveret en blå overtræksdragt og hensat i en lille celle, indtil man sidst på eftermiddagen kunne transportere ham til Vestre Fængsel.

Og nu sad han så her.

Han hørte at slåerne blev skudt fra døren, som derefter blev åbnet. En fængselsbetjent kom ind med et par håndklæder og et stykke gråt sæbe, som lignede et stykke mursten, som havde ligget i strandkanten og var blevet slebet let rundt i kanterne.

»Kom med ned i afhøringsrummet!« sagde fængselsbetjenten. »Din forsvarer vil tale med dig.«

Han blev ført ad krogede gange gennem adskillige gitterdøre, som skulle låses op og efter passage, låses igen, indtil de kom frem til et stort rum med et bord og et par stole. Her sad Kaptajnløjtnant Meyer og ventede på ham.

»Goddag Berg,« sagde han. »Er De klar til, at vi får os en snak om sagens akter og hvad der i det hele tage skal ske?«

»Ja,« kom det lidt forsagt fra Berg.

»Jeg kan læse her i charteket, at FE har adskillige punkter som bevisligt fører til fængselsstraf. Dem kan jeg i første omgang ikke gøre så meget ved. Det jeg kan fremføre, når jeg har haft lejlighed til at sætte mig helt ind i sagen, vil være at fremsætte formildende omstændigheder.

De ved det måske endnu ikke, men De bliver fremstillet for en militærdomstol, hvor dommerne er højtstående officerer fra de tre værn. Det sker fordi FE ikke ønsker, at sagens detaljer kommer ud til pressen, og at man bedre kan styre pressens adgang til sagen, når den behandles af en militærdomstol.«

Derefter gennemgik de sagens akter med KGB skolingen i Moskva, Meyer viste ham kopier af papirerne fra Kursus i Moskva. Afsløringen af hans telefonsamtaler, hvad man formodede var med DDR's Ambassade. Her fremlagde han opkaldslister fra telefonvæsenet, som viste, at der var foretaget opkald til Ambassaden på de tidspunkter, hvor han havde talt fra telefonboksen. Man havde således kunnet sammenholde det med befrielsen af Stasi-agenten Verner Borsch, som siden hen blev dræbt under flugten af Flyvevåbnets jagerberedskab.

»De vil utvivlsomt blive udsat for flere forhør fra FE's side. Jeg vil ikke få lejlighed til at være tilstede ved disse forhør, men vil bagefter få tilsendt udskrifter fra disse. På grundlag af dem vil jeg så komme tilbage til Dem her i fængslet og forelægge Dem mit forsvar. Vi kan så diskutere, hvordan vi skal gribe sagen an.«

Meyer lagde sine papirer ned i mappen og tilkaldte vagten, så Berg kunne blive ført tilbage til sin celle.

* * *

Klokken var halv fem om morgenen, da Mikael stod op og gjorde sig klar til at køre ned til Borris i sin Jeep. Piloterne, som skulle deltage i dagens raketskydninger, var allerede dagen forinden blevet briefet af major Madsen. Mikael kørte over til messen for at få sig et forsvarligt morgenmåltid samt en solid madpakke til frokosten ude i skydeområdet.Han kiggede på uret, klokken var fem minutter over fem, det var på høje tid at komme af sted. Køreturen ville tage omkring 50 minutter. Piloterne ville starte ovre fra Enheden kl halv syv, så Mikael ville have rigeligt med tid til at komme derned og få sig etableret i kontrolbunkeren, hvorfra han skulle overvære dagens øvelser. Over sin radio i Jeepen kaldte han op til Ebbe i OP og meddelte, at nu tog han af sted mod Borris.

Vel ankommet til skydeterrænet, gik han ind på kontoret for at hilse på major Schmidt, der var kommandant for området, Majoren var en af de officerer, hvis ansigtskulør tydeligt bar præg af, at han dagligt tilbragte mere tid i terrænet end på kontoret. De rødsprængte kinder og den rynkede hud fortalte deres eget klare sprog om hans daglige færden ude blandt hedens forkrøblede buske.

»Goddag major, jeg kommer fra Enheden i Karup. Om en stund kommer 7 af mine fly herned for at skyde med øvelsesraketter.«

»Velkommen, Hr oberstløjtnant. Vi har gjort terrænet klar til Dem. Har Deres folk skudt med raketter før?«

»Ja bortset fra de tre af piloterne, som er nye, har de øvrige været nede i Brindisi i Syditalien for at øve såvel skydning med øvelsesraketter som med skarpe missiler. De fire som jeg har bedt om at deltage her i dag, er de piloter, som klarede sig dårligst dernede. Så jeg syntes at de ville have godt af lidt ekstra træning.«

»Fint« svarede majoren, »så skal de nok få noget ud dagens skydninger. Hvad med de nye ? har de skudt med øvelsesraketter før?«

»De to af dem kommer direkte fra kampeskadriller, men jeg kender ikke deres status. Den er formentligt høj. Den tredje, kaptajn Jeppesen har også prøvet det, selv om det er længe siden. Han kommer fra transporteskadrillen, hvor han har gjort tjeneste i de seneste mange år. Han har sikkert brug for den ekstra træning. Men vi får se hvordan det går.«

»OK, så vil jeg foreslå, at vi om et kvarters tid går over i kontrolbunkeren. Derfra kan vi følge slagets gang .«

Majoren kiggede lidt på Mikael og sagde så ;« Det er sjældent, at vi får besøg af en eskadrillechef, som er oberstløjtnant.«

»Tja, men det er nok fordi at jeg ikke i almindelig forstand er eskadrillechef, men chef for en NATO-afdeling som betjener hele det europæiske NATO-område.«Svarede Mikael.

»Nå, hvordan skal det forstås?« Spurgte Schmidt

»Det har jeg faktisk ikke lov til at fortælle Dem, idet vort virke og eksistens er tophemmeligt, men jeg kan fortælle så meget, at vi til foråret får en hel kampeskadrille fra et andet NATO-land, som for en periode af 6-8 måneder skal afløse mine danske piloter. De fremmede piloter bliver så for en tid, lagt ind under min afdeling. Da disse eskadriller, som De så rigtigt har påpeget, er kommanderet af en major, har man bestemt, at afdelingen skal ledes af en oberstløjtnant.«

»Nå således. Afdelingen er tophemmelig. Ja men, jeg skal nok holde min kaje,« sagde Schmidt.

»Vi har lukket al information omkring afdelingen ned, fordi vi til stadighed er undergivet stor interesse fra Warshawapagt-landenes efterretningsvæsener.« Oplyste Mikael.

Majoren så på sit ur: »Nu tror jeg at det er på tide vi komme over i bunkeren ! Vi skulle have det første fly på radioen om få minutter.«

De begav sig over vejen og ned i bunkeren. Nede i denne var der på den inderste langvæg placeret en radiostation be-mandet med en seniorsergent. På bunkerens modsatte side var et sæt smalle aflange udsigts glugger. De lignede nærmest gammeldags skydeskår, men var dog forsynet med skudsik-kert glas til beskyttelse mod evt. opspringere fra de anvendte ammunitionstyper.

Major Schmidt gik over til gluggerne og kiggede ud.

»Hvis De kommer herover, kan De se skiverne som vi har anbragt ude i terrænet. Som De kan se er den første skiveopstil-ling derude til højre. Indflyvningsbanen er fra øst mod vest. Den anden opstilling, som er beregnet til 2. omgang, ligger længere fremme med indflyvning fra syd. Skydningerne ledes af radiooperatøren.« Forklarede Schmidt. »Efter de to første skydninger returnerer flyene til basen i Karup, hvor de forsynes med nye raketter. Sådan bliver vi ved indtil dagen er slut eller De bestemmer at nu har piloterne fået tilstrækkelig øvelse.«

»Ok, det lyder overskueligt.« svarede Mikael. »Tak for orien-teringen.«

I det samme kom opkaldet fra det første fly: Borris shuting area. This is NATOJET 1 Request orders for inflight one!«

Operatøren svarede omgående: »You are clearet to start your opproach to target number one. Inflight from east to west ! at speed 450 knots!«

»Clearet to target number one from east to west. Speed 450 knots,--NATOJET 1.«

Et øjeblik senere kunne de se flyet rette ind på kursen med et svag dyk ned mod skiven.

NATOJET 1 have target in sight.«

»You may shoot, when ready ! Borris controle.«

Så faldt skuddet og raketten ramte ca 1,5 meter til den ene side.

NATOJET 1. Sorry I missed. Request instrucktions for second inflight.«

Den modtog han derefter. Raket nr. to sad lige i målet.

Sådan fortsatte man dagen igennem med fly efter fly. Sidst på eftermiddagen kunne alle piloter ramme målene.

Mikael vendte sig mod majoren og sagde ;« Nu tror jeg den er hjemme. Vi afblæser øvelserne for i dag, når det næste fly har været inde.

»Ja« svarede Schmidt, »Nu ser det lidt bedre ud.« Hvorefter han gav besked til radiooperatøren om at indstille skydningerne og sende flyene retur til basen.

* * *

Inde på Kastellet, i Forsvarets Efterretningstjeneste (FE), havde man ladet et tomt kontor i stueetagen indrette til afhøringslokale, hvor væggen ud mod gangen var blevet forsynet med en rude der kun var gennemsigtig fra den udvendige side. Et sæt højttalere udenfor lokalet muliggjorde at tilskuere udefra kunne følge med i, hvad der blev sagt i forhørslokalet .

Således klargjort til forhør sendte man besked til militærpolitiet om, at nu måtte de godt hente fangen i Vestre Fængsel og bringe ham ud på Kastellet til afhøring.

Efter endnu en gang at have gennemgået sagens akter følte Christensen sig klar til at igangsætte afhøringen af arrestanten. Over samtaleanlægget tilkaldte han Chr. Sørensen, som dagligt udførte alt »fodarbejdet, dvs han samlede alle tilgængelige oplysninger om Knud Berg i en kæmpemappe hvoraf kopier gik til Direktør Brockhuus og oberstløjtnant Christensen.

Da Sørensen kom ind på Christensens kontor, spurgte denne ham om han var klar til medvirke til de første afhøringer af Knud Berg, hvortil Sørensen nikkede bekræftende.

Ifølge med tre betjente fra militærpolitiet ankom fangen klar til forhør. Han blev ført ind i afhøringslokalet, hvor der stod et bord med tre stole omkring. I lokalets anden ende var opstillet et mindre bord med tilhørende kontorstol beregnet til retsstenografen, som skulle lave udskrift af afhøringerne. Der ville således blive udfærdiget et skriftligt materiale over alt hvad der blev sagt i afhøringslokalet Ud over disse møbler var lokalet tomt.

Oberstløjtnant Christensen kom sammen med Sørensen og stenografen ind til fangen, som var blevet sat ved bordets ene langside og anbragte sig ved den anden overfor fangen, Sørensen satte sig for bordenden. Han anbragte sagens akter og en båndoptager på bordet. Efter at have tændt for båndoptageren og at have indledt forhøret med at indtale de nødvendige data, så Christensen op på fangen og spurgte: »Knud Berg, dette er en afhøring til brug for udfærdigelsen af det endelige anklageskrift. Har De nogen indvendinger mod at besvare mine spørgsmål i sagen som vil blive rejst imod Dem?«

»Indtil videre vil jeg forsøge at besvare Deres spørgsmål.« Svarede Berg.

»Godt,« begyndte Christensen. »Så vil jeg indlede med et spørgsmål om Deres hjem og skolegang: Er det korrekt, at

Deres far var medlem af Danmarks Kommunistiske parti og siden, da Axel Larsen stiftede Socialistisk Folkeparti (SF), fulgte med derover?«

»Hvorfor spørger De mig om det ? – Hvad kommer det min sag ved?« spurgte Berg vrantent.

»Det er blot for at få lidt kontinuitet i billedet af Deres senere virke,« svarede oberstløjtnanten. »Er det sådan det forholder sig?«

»Ja, far er og har altid været fuldblods socialist.«

»Den politiske overbevisning hos Deres far, blev således grundlaget for Deres senere virke, da De kom i gymnasiet?« Christensen kiggede op fra sine papirer.

»Ja,« svarede Berg trodsigt, »og jeg er stadig af den overbevisning, at kommunismen er en bedre løsning for den almindelige mand .«

Var det Deres far, som tilskyndede Dem til at søge kontakt med efterretningstjenester fra Østlandene?«

»Nej, de henvendte sig selv til mig efter at jeg var kommet i gymnasiet. Der var mange socialister blandt eleverne der.«

»Hvem var det helt eksakt, som tog kontakt med Dem ? Var det folk fra Den Østtyske ambassade eller ver det russerne?«

Det var folk fra Stasi fra DDR, som henvendte sig til mig,« svarede Berg.

»Hvor mange var de og hvad hedder de?« Indskød Sørensen.

Knud Berg vendte sig mod Sørensen og svarede: »Der var kun en. Han hedder oberstløjtnant Meister. Meister var den eneste, jeg talte med. Han var min føringsofficer, og al kontakt til Stasi skulle foregå gennem ham.«

»Hvorfor skiftede De pludseligt over til at blive medlem af Konservativ Ungdom ? Hvornår var det?«

Spurgte Christensen.

Det var Stasis ide. I begyndelsen af semestret i 2. G kom

Meister ud til Ballerup og fik fat i mig efter skoletid. Han kom med en længere udredning om, at man i Stasi havde en ide om, at man ville have mig anbragt i FE, når mit studie på Københavns Universitet var slut. Som et led i disse forberedelser, anså de det for en god ide, at jeg udaftil skulle skifte side med min politiske anskuelse, idet det kunne bane vejen for en senere ansættelse i FE. Dette viste sig jo også at holde stik.«

»Hvad skete der så i deres forhold til Stasi umiddelbart efter gymnasietiden ? Spurgte Sørensen.

Meister ringede til mig hjemme og meddelte mig, at vi skulle mødes på en lille cafe'ude på Nørrebros Runddel. Her fortalte han mig, at jeg nu skulle overgå til noget, som de kaldte en hvilende agent. Dvs., at jeg ikke skulle foretage mig noget som helst før at jeg havde gennemført mit studium i statskundskab på Universitetet og havde gennemført min tjeneste som værnepligtig soldat. Der skulle jeg søge om optagelse på reserveofficerskolen. Igen med det formål at forberede min ansættelse i FE.

Knud Berg begyndte at se noget træt ud. Det tog efterhånden længere tid for ham at besvare de stillede spørgsmål. Christensen bemærkede selvfølgelig dette og idet han kiggede over på Sørensen, sagde han: »Jeg tror vi udsætter fortsættelsen til i morgen.« Sørensen nikkede samtykkende, og Christensen afsluttede forhøret ved at meddele tidspunktet til båndoptager.

* * *

Til morgenbriefingen dagen efter skydningerne i Borris så Mikael ud over forsamlingen af piloter oppe fra talerstolen.

»God Morgen, mine herrer. Ja så fik vi overstået øvelserne i skydning med raketter således, at også de sidst tilkomne piloter har fået lejlighed til forsøge sig med disse våben med T33A som platform. Jeg håber at denne øvelse vil hjælpe Dem til at føle større tryghed, når De flyver på Deres opgaver, ude i Europa.

Det er jo selvsagt ikke meningen at vi skal ud og slås med MI-Gérne. Sandsynligvis får vi dem aldrig at se men skulle det ske, så kan vi i det mindste forsvare os, såfremt vi bliver angrebet. Ganske vist har vi denne gang kun skudt med øvelsesraketter, men træningen er den samme som med de armerede. De af Jer som har prøvet at skyde med de skarpe nede i Brindisi, vil have konstateret, at de »skarpe« er et uhyre effektivt og kraftigt våben. Er der nogen af gårsdagens deltagere, som har spørgsmål til øvelsen?«

Da det ikke syntes at være tilfældet, sluttede Mikael af med: »Det var der ikke. Jeg synes derfor, at I skal begive Jer ned i kaffestuen, der vil major Madsen i mellemtiden have hængt de nye vagtlister op På tavlen. Fortsat god dag!«

Da Mikael stak hovedet indenfor i OP, spurgte Ebbe ham om han kunne tage en kort tur fra Mons til Kiel her i efter-middag.

»Er det ok, hvis jeg tager af sted omkring kl 14?« Spurgte Mikael.

»Ja,« svarede Ebbe. »Det er helt i orden, så når vi det i fin tid.«

Mikael gik ind på sit kontor og tog sagsakterne på eskadrille-flytningen om et halvt års tid frem. Han måtte se at få opklaret, hvor mange containere tyskerne kom med, så han kunne se at få dem placeret, uden at de stod for meget i vejen. De kom jo med 25 fly, så pladsen blev jo lidt knap.

I det samme ringede hans telefon. Det var Jackson, som sagde; «Hi Mike ! Jeg har tænkt lidt over det med at forfremme Jeres seniorsergent ovre på værkstedet. Det er vist en udmærket ting at få gennemført når først at tyskerne ankommer. Der bliver mange mekanikere i arbejde ovre i hangarerne, deres normer for værkstedsbesætninger er jo noget højere en Jeres. Jeg synes derfor at vi skal indstille ham til forfremmelsen til løjtnant af speciallinien. Vil Du være rar at finde ud af, hvilke kurser han skal deltage i for at kvalificere sig?«

»Ja, jeg tager en snak med personelafdelingen i Flyverkommandoen. Det er jo også dem, som formelt skal stå for udnævnelsen. Det bliver jo nok ikke noget problem!«

I får for resten besøg af general Schultz . Jeg har lige fået at vide, at han i eftermiddag skal op for at tale med Jeres Forsvarsminister og så selvfølgelig Forsvarschefen. Da han nu alligevel skal derop, ytrede han ønske om også at smutte en tur til Karup for at hilse på Jer. Det bliver så på et tidspunkt i morgen.«

»Hold da kæft, så får vi travlt. Generalen må finde sig i at vi afvikler den sædvanlige trafik, så vi har ikke alle fly hjemme, men Schultz er vel i virkeligheden også mest interesseret i at se en enhed som arbejder. Hvor mange personer kommer han med?«

»Så vidt jeg har fået at vide, kommer de fem mand«

»Kan vi få nærmere besked om, hvornår vi kan vente chefen ? Jeg skal jo have givet Ch. Flyvetsationen besked samt få arrangeret en frokost i messen. Jeg skal i øvrigt ned til Mons for at hente det sædvanlige, som skal afleveres i Kiel. Så kan Du måske arrangere, at jeg fik de sidste oplysninger om besøget med hjem?«

»OK, jeg skal nok sørge for at de nødvendige oplysninger kommer med bilen ud til dig på flyvepladsen.

God tur!«

Mikael gik ud til Ebbe Madsen og fortalte ham om morgendagens besøg.

»Nu får Du travlt. Vi får gudhjælpe mig besøg af vores øverste chef i morgen. Vi skal have linet alt hjemmeværende personel med deres fly op ude på pladsen. Når jeg kommer hjem fra kurerturen, har jeg flere oplysninger om afviklingen af besøget med hjem. Jeg tager mig selv af kontakten med Messen og Flyvestationschefen.« Mikael kiggede på sit ur.

»Nu er det minsanten blevet frokosttid igen. Vil Du med i messen ? Så kan vi snakke videre dernede.«

»Ja tak,« svarede Ebbe og vendte sig mod Prlt. Sørensen: »Du har kommandoen!«

I messen informerede Mikael messeforstanderen om det forstående besøg af Nato's Chef samt at han fik nærmere information i aften, når Mikael kom tilbage fra Belgien.

Efter at Mikael havde afhentet kurermappen i Chievres, viste det sig, at man havde tilføjet en ekstra mappe til bunkeren i Karup. Jackson havde også medsendt et tidsskema for general Schultz besøg i Danmark

Uden problemer fik han leveret det nødvendige materiale til Kiel og gjorde sig klar til at starte hjemturen til Karup. Kort efter starten blev hans opmærksomhed fanget af et nødopkald over radioen :

»Mayday,mayday, mayday This is NATOMIL One – Cero Copenhagen Controle, Go ahead ».

»One-Cero, I have at birdstrik. My right engine has stopped.«

»Copenhagen here. (af hensyn til læserne, bringer vi resten af korrespondensen på dansk)

Skift til nødfreqensen, vi tager korrespondensen der!«

»One-Cero, jeg skifter til 284,5Mh, Der er 7 personer ombord, 2 piloter og 5 Pax Vores position er ved Storestrømsbroen. Der ramte vi en flok vistnok Grågæs. Mindst én fugl slog ind i vores højre motor som derefter stoppede.«

»Copenhagen, er I i stand til at fortsætte?«

»One-Cero, Vi har vanskeligheder med at styre idet vores krængeror i højre side også synes at være beskadiget.«

»Copenhagen, prøv i første omgang at fortsætte mod Kastrup Lufthavn!«

Mikael lyttede målløst. Det er sgu general Schultz fly. På nødfrekvensen kaldte han op :

»Copenhagen Controle, det er NATO MIL 1-2«

»Controle, kom ind 1-2.«

NATO MIL 1-2. Jeg er nået op over Falsters sydspids, fra Syd. Foreslår at jeg kommer One Cero til hjælp!«

»Controle, OK – meddel når Du har ham i sigte.«

Mikael satte fuld trotle på T33éren, og få minutter senere havde han det forulykkede fly i sigte. Det var en Learjet som fløj med højre vinge i en underlig skæv vinkel nedad. Intet under at han havde besvær med styringen. Han kaldte op: One Cero, det er NATO MIL 1-2. Jeg kommer op på jeres højre side nu

–– Jeg kan se at krængeroret rager op i en unaturlig vinkel.«

»One Cero, kan Du gøre noget for os?«.

»1-2, jeg tror, at jeg kan understøtte Jeres vinge med min. Jeg går lige ned til søen der forude for at smide mine vingetanke, de er tomme i forvejen!«

»Copenhagen Controle, det er NATO MIL 1-2. Jeg foreslår at vi ændrer kurs mod FSN Værløse. Jeg vil understøtte havaristens højre vinge med min egen. Vær rar at alarmere redningstjenesten på Værløse«

»Copenhagen, OK vi ændrer til Værløse. Giv os et praj når Du har etableret understøttelsen af hans vinge!«

NATO MIL 1-2 Jeg kaster mine vingetanke af i Tuel Sø ved Sorø. Alarmer venligst politi og Falck og bed dem at fiske tankene op.«

Copenhagen, det klarer vi. Good luck!«

Mikael satte farten ned og dykkede mod til søens overflade, trykkede på udløseren og tankene var på vej ned i søen. Så tilbage til Learjetten. Mikael gik op på højre side af havaristen og lagde med største forsigtighed sin vinge ind under Learjettens højre vingetank. I det samme blev Learjetten grebet af et turbulent vindstød og hoppede ca en meter i vejret. Mikael kom et par meter bagud. Han kaldte op :

»1 2, vi prøver igen, jeg går lige en omgang rundt.«

Hurtigt lavede han et 360° drej og lagde sig bag havaristen, førte langsomt sit fly frem . Forsigtigt listede han sin sin vinge ind under havaristens vingetank, sænkede sin fart så den passede med Learjettens, hævede sit fly så Mikaels venstre vinge overtog vægten af den ødelagte vinge og kaldte op: »1-2 er i position, jeg beder nu Copenhagen om en radarvektor til FSN Værløse. Lyt venligst med på radioen, så retter vi sammen kursen ind efter kommandoen.«

»One Cero, forstået. Det med vingen virker fint!«

Copenhagen Controle, NATO MIL 1-2 beder om at få en radarvektor til Værløse.

»NATO MIL 1-2, her er Copenhagen, indstil vektor 016 til Værløse.«

»Modtaget vektor 016 – tak – NATO MIL 1-2«

1-2 til One Cero redurcer langsomt farten til 360 knob, begynd NU!«

»One Cero, reducerer til 360 Knob«

»!-2 og One Cero Her er Værløse Tower på freqensen. Vi er klar til at modtage Jer!«

1-2 til One Cero. På min kommando: Ændre kurs til 016 – NU -- Kurs OK, vi decenter nu langsomt til 2500 Fod. Start NU!«

»One Cero decent til 2500 Fod.«

Efter ca en halv time er de nær ved Værløses kontrolzone.

»Værløse Tower, vi har Jer nu i sigte. Gå direkte ind til bane 11.«

»One Cero har banen i sigte.« 1-2, nedsæt hastighed til 260 Knob, sæt, hvis det er muligt, flaps. Sæt understellet ned . Jeg følger med helt ned.«

»One Cero, Flaps ikke muligt. Vi følger Dig ned!«

De laver en god lang indflyvning

»Det er klart at lande på bane 11. Værløse Tower.«

One TWO, følg langsomt med ned. En meter over banen slipper jeg og flyver frem. Learjetten har landingshjulene ude, en meter over banen går Mikael 20 cm ned, giver fuld gas og flyver væk fra banen. Han går snævert rundt og kan se, at Learjetten er landet sikkert og er ved at parkere. Derefter går han ind på finalen at beder om tilladelse til at lande.

»1-2 You are cleared to land. Thank You – good show.

Mikael landede og parkerede ved siden af Learjetten. General Schultz, kom hen til T33éren hvor Mikael var ved at stige ud.

»Nå er det Dem oberstløjtnant. Tak for hjælpen. Det var godt nok en fantastisk gang flyvning,de der præsterede. Jeg er sikker på at min kone har et og andet at takke Dem for efter dette.

Jeg troede ikke at det De lavede i dag kunne lade sig gøre i virkeligheden«

»Hr general, gennemfører De programmet i Karup i morgen efter dette ?

Schultz tænkte sig om et øjeblik: »Nej, oberstløjtnant. Jeg tror, at vi udsætter besøget til en anden gang«

»Med generalens tilladelse vil jeg tanke mit fly op og flyve tilbage til Karup. Jeg skal også have indgivet rapport til de danske luftfartsmyndigheder om tildragelsen.

»OK,Lassen og endnu en gang tak for indsatsen. God tur hjem!«

Mikael gjorde honnør og gik over til sit fly. I hangaren lånte han en telefon og ringede op til flyvelederen i tårnet for at afgive sin flightplan til Karup

Vel hjemkommet gik han ind til Ebbe og fortalte ham om episoden.

»Hold da kæft. Kan Du overhovedet tage ud og flyve uden at komme i div. situationer. Her står Du bare og fortæller, at Du lige har reddet livet på vores øverste chef«

»Nå, så slemt var det nu nok ikke, måske kunne de have klaret den uden min hjælp. I øvrigt aflyste Schultz besøget i morgen. Det kan man i den givne situation godt forstå. For resten, hvis nogen journalister skulle ringe for at tale med mig, så sig, at jeg ikke er til at få fat i.«

»Det er forstået, chef. Jeg skal nok holde blodhundene på afstand.«

* * *

Det bankede på døren. Direktøren for Stasi, Markus Wolf så derhen: »Kom ind!«

Ind kom oberst Schlüsser nøjagtigt på tidspunktet, hvor han var blevet tilsagt til møde.

»Velkommen oberst, tak for at De ville komme. Sid ned« Wolf pegede på stolen foran sit skrivebord.

Oberst Schlüsser, der var chef for den efterretningssektion som havde til opgave at finde ud hvilke forholdsregler NATO havde taget efter at de tydeligvis havde opdaget, at Østlandene var i stand til at aflytte deres kommandonet, tog plads som beordret.

»Nå, oberst. Hvad har De så fundet ud af?«

»Hr Direktor, gennem analyser af indberetninger, som vi har indhentet fra adskillige efterretningsagenturer over hele Vesteuropa, har vi fundet frem til, at NATO tilsyneladende har oprettet en flyvende kurerenhed til at bringe diverce taktiske ordrer direkte ud til de forskellige kommandoorganer i Europa. Det ser ud til, at De har oprettet en særlig enhed, som har base på Flyvestation Karup i Danmark. Enheden ledes af en oberstløjtnant Mikael Lassen.«

»Hvordan vil De dokumentere det?«

Der tegner sig et fast mønster med flyvninger ud fra Karup og ned til NATO's hovedkvarter i Mons. De benytter Lufthavnen i Chievres. Der bliver flyene mødt af en pansret militærbil som udleverer, hvad der ser ud til at være dokumentmapper. Straks efter modtagelsen begiver flyene sig af sted mod en position i Europa hvor der altid ligger et NATOkommandocenter umiddelbart i nærheden. Her afhentes mapperne af et pansret militærkøretøj, som straks returnerer til NATOcentret«

»Tja, det ser umiddelbart ud til, at De har ret. Der har de sgu været kvikke oppe i Mons.«

Wolf så et øjeblik eftertænksom ud: »Sig mig engang. Denne oberstløjtnant Lassen. Var det ikke samme mand, som afslørede vores agent i værkstedet oppe på Flyvestationen i Karup ? Var det ikke Borsch, han hed?«

»Jo, det var ham, »svarede Schlüsser. »Det var også ham,som afslørede vores agent, der var placeret hos FE i København.

»Pokker til irriterende karl ! Har han ikke snuden lidt rigeligt fremme?«

»Jo, det er hans skyld, at vores muldvarp Erik Berg sidder fængslet og sandsynligvis bliver afhørt af FET i dette øjeblik. Desværre må vi forvente at han hen ad vejen afslører alt om sine forbindelser til os.«

»Det er ligegodt satans. Nu havde vi efter mange års forberedelser lige fået etableret en god mand i den danske efterretningstjeneste, og alt er totalt spildt – vi er igen totalt blinde!«

»Måske skulle vi overveje at få denne Lassen eliminere,« sagde Schlüsser forsigtigt.

»Hvordan skulle det kunne gå for sig ? – Har vi nogen som kan klare det job i Danmark?«

»Nej, ikke umiddelbart, men jeg ved, at KGB har folk i Rumænien, som er specialister på det felt. Så vidt jeg ved, er de ikke kendt af efterretningsfolk i Vesten.«

»Er det ikke dem med paraplymordet i London?«

»Jo, det er dem – de har udviklet en sikker metode. Den må kunne bruges igen

»OK, jeg vil prøve at tale med KGB om det. Så må vi se,hvad det kan føre til. Åh, for pokker. Lassen opholder sig jo for det meste inde på en lukket Flyvestation i Jylland. Der kan vi ikke komme til ham.«

»Vi ved, at oberstløjtnanten hvert år deltager i et månedlangt kursus på officersskolen i København. Måske kan vi få en chance i den periode.«

»Gør han det ? – De siger noget der. Det må kunne lade sig gøre. Foreløbigt lader vi vores agenter i København holde ham under opsyn.« Wolf gjorde tegn til at mødet var forbi. Schlüsser rejste sig op. Slog hælene sammen og forlod kontoret.

* * *

Mikael sad på sit kvarter og slappede af med en god bog da telefonen ringede. Da han tog den, sagde stemmen i røret :

»Hej, det er mig. Sig mig, hvad har du nu rodet dig ind i?«

»Davs Bente, hvad mener du med det?«

»For fanden mand, du var i TV Avisen her til aften. De sagde noget om, at du havde reddet livet på besætning og passagerer ombord på General Schultzés fly. Der var billede af dig og der var inteviev både med Schultz og med piloten på hans fly.«

Nå, det var da ikke noget særligt. Jeg var tilfældigt nede over Østersøen, da jeg hørte at de afgav SOS over radioen. De var fløjet ind i en flok gæs omkring ved Storebæltsbroen. En af fuglene havde ødelagt den ene af deres motorer. Jeg kunne straks høre, at det var Schultzés fly, som var i vanskeligheder, så jeg skyndte mig at komme op til dem for at se om jeg kunne være til nogen hjælp. Hvor pokker havde de fået et billede af mig ? Jeg har sgu ikke talt med pressen. Tværtimod. Jeg skyndte mig efter at have hilst på generalen tilbage til Karup.«

»De sagde ganske vist også i fjernsynet, at man ikke kunne få fat i dig. Det var generalen, som holdt en pressekonference. Han sagde, at han aldrig havde set så fantastisk flyvning, og at han ikke havde troet, at det kunne lade sig gøre i virkeligheden.«

»Det var såmænd bare almindelig præsitionsflyvning.«

»Piloten sagde, at du næsten øjeblikkeligt efter at de havde ramt fuglene, var dukket op på siden af dem, at Du straks overtog kommandoen og sagde hvad der skulle gøres. Du dykkede ned til en sø i nærheden, smed dine vingetanke i vandet og vendte tilbagej hvor du understøttede flyets ene vinge og sørgede for, at de kom hjem til Værløse, hvor du afleverede dem 1 meter over banen. Han gav udtryk for, at han aldrig havde været ude for noget lignende. Den måde du straks vidste, hvad der skulle gøres og udførte det. Han var dybt imponeret. Jarl jublede: Min far er en helt, hurra – hurra!«

»Jeg synes, at I overdriver det hele vildt. Jeg har da gjort adskillige ting der var meget vanskeligere under kunstflyvning. Men jeg er da selvfølgelig glad for at jeg kunne være til lidt hjælp.«

»Heltens kendetegn er beskedenhed. Hvornår kommer Du hjem på orlov igen?«

»Jeg har fri på fredag, så hvis du gider at hente mig i Værløse kl 17.15, vil jeg være dig taknemmelig.«

Den er mægtig, jeg skal nok være der – Nå jeg smutter igen, det ringer på døren.«

»Tak fordi Du ringede. Pas nu godt på Dig selv, min skat. – Hej«

Så snart han havde lagt telefonen, ringede den igen. Det var Flyvestationschefen oberst Lund.

»Det må jeg nok sige – Så har vi en rigtig levende flyverhelt iblandt os – jeg har lige set TV Avisen. – og De sidder bare der og siger ingenting.«

»Vi er jo blevet godt trænede her i Flyvevåbnet. Det kunne enhver have gjort.«

»Så veltrænede er der vist ingen andre end Dem, der er. Jeg

vil bare sige: Godt gået ! Kommer De ikke et smut ned i messen, vi er et par stykker der gerne vil drikke en godnat skål med Dem.«

»Jo tak, jeg sidder alligevel alene her på mit kvarter. Jeg siger tak, vi ses om et kvarter hr oberst.«

Da Mikael et kvarterstid senere kom ned i messen, viste det sig at baren var fyldt med officerer. Foruden oberst Lund var chefen for operationsafdelingen, adskillige eskadrillechefer, NATOofficerer fra Bunkeren, officerer fra Enheden samt diverse officerer fra jordenhederne på stationen.

Oberst Lund hævede sin røst og sagde: »Mine herrer, må jeg præsentere Dem for en vaskeægte flyverhelt. Som De alle har overværet i TVAvisen, har han i eftermiddag gennem sin beslutsomme og fremragende indgriben reddet livet for vores øverste NATOChef general Schultz med rejsefæller. Lad os hylde denne mand med en rigtig flyverskål. Han længe leve ! ! »Alle hævede deres glas.

Lund fortsatte: »Oberstløjtnant Lassen, jeg håber, at De vil gøre os den ære og glæde at fortælle os i detaljer om eftermiddagens indsats og så synes jeg at vi skal være dus, jeg kan ikke forestille mig nogen jeg hellere vil være det med end dig Mikael.«

»Tak alle sammen. Det er helt overvældende. Tak til oberst Lund, jeg vil meget gerne tage imod tilbudet om at være dus med dig, Tak. Jeg skal da gerne fortælle Jer om redningsaktionen i eftermiddags, men det var nu ikke noget særligt«

»Nej, hør nu, råbte de alle i kor. Kom nu frem med det!«

Mikael berettede om aktionen og besvarede et hav af spørgsmål. Til sidst var hans stemmebånd næsten slidt op, så han sagde: »Nu må I være så venlige at holde op – jeg kan snart ikke sige noget mere. Lad os i stedet drikke en skål for at alt lykkedes og gik godt«

Det blev lidt halvsent, inden han kom hjem i seng den nat.

Erik Berg hørte den tunge jerndør knalde i bag sig. Låsepalene smækkede i indgreb, han var atter alene i den trøstesløse celle.

Han lod øjnene vandre rundt fra seng til lokum, til håndvask og til sidst det tilgitrede vindue, som sad helt oppe under loftet i det aflange rum. Gennem tremmerne kunne han skimte vinduesglasset med trækruden, der var monteret i en stålramme. Ruden var så beskidt, at han knapt kunne skelne den blå farve på den stump himmel, der var synlig som en firkant omkranset af den bastante fængselsmur.

I himlens navn, hvor var det dog deprimerende !

Den triste stemning fik ham til ligesom at synke ind i sig selv. Det var som om hans skikkelse i håbløshed faldt sammen. Hans indadvendte blik stirrede ud i rummet uden at se noget som helst.

Hvordan pokker var han havnet her ? Hvad sker der ?

Hans tanker gav sig til at kredse om sin situation. Hvordan i alverden kunne de have opdaget alt det om ham ? Alting havde jo været grundigt gennemtænkt De havde været meget omhyggelige med at skjule når de mødtes hver gang ude i byen og når han tog telefonisk kontakt til dem. Altid skete det fra en mønttelefon, som ikke kunne aflyttes. Selv hans kursusophold i Moskva var blevet sløret som en uplanlagt interrail rejse rundt i Europa. Han havde ikke efterladt sig det mindste spor som de kunne følge. Intet sted havde de kunnet finde personer, som han havde mødt eller steder han havde besøgt på den rejse, som aldrig havde fundet sted.

Erik Berg satte sig hen på sengen og tænkte på forhøret. Hvordan pokker havde de fået samlet alle de oplysninger om ham ? Det var tilsyneladende håbløst at skjule noget for dem – de kendte åbenbart svarene på alle spørgsmålene, som blev stillet. Hvor han dog hadede Christensen og Sørensen, som på mærkværdig vis vidste alt om ham og hans forbindelse med KGB og Stasi.

Han lod sig falde bagover ned på sengen. Hans tanker blev ved med at køre i ring om det samme igen og igen. Nu ville han se, om ikke han kunne få lidt søvn, inden de kom for at hente ham ud til nye forhør.

For helvede, hvor han hadede dem !

Mens han lå og ventede på, at søvnen skulle indfinde sig, tænkte han tilbage på sin barndom når faderen kom træt hjem fra arbejde og satte sig hen under læselampen med Land og Folk. Når han kom til et sted,hvor kritikken af det kapitalistiske samfund var særlig hård, kaldte han som regel på knægten og sagde: »Se her, knægt, sådan skal de ha'det. Svinehunde!« Erik nikkede ivrigt til sin fars brummen. »Du skal sgu sørge for at hænge med i skolen, så Du kan komme i gymnasiet og få din studentereksamen. Der skal lærdom til at bekæmpe de skiderikker.«

Eriks tanker flød videre. Nu huskede han dengang, hans far bad ham komme med i Fælledparken den 1. Maj. Han var lige blevet konfirmeret, borgerligt selvfølgelig og faderen sagde til ham, at nu var han jo blevet voksen, så han skulle med faderen og de andre kommunister til arbejdets fest på fælleden. Åh hvilken fest. De røde flag smældede i den skarpe forårsblæst, ølteltene bugnede med øllet fra Stjernen (Arbejdernes bryggeri). Aksel Larsen talte, så tårerne stod i øjnene på Erik. De sad på et medbragt tæppe sammen med fars arbejdskammerater fra B & W, som nød en pilsner, mens hans mor pakkede maden ud af de medbragte madkasser....

Med et bragede skarpe lyde imod ham, hvad sker der ? Forvildet slog han øjnene op og kiggede lige op i loftet. Han bemærkede straks, hvordan snavset havde samlet sig i pudset – hvor var han ? Med et brag gik døren op, det var larmen fra skudriglerne som blev trukket ud af låsene, som havde vækket ham. Forvirret satte han sig op på sengen. Henne fra døren råbte fængselsbetjenten, at hans sagfører ville tale med ham. Langsomt fokuserede hans øjne på en skikkelse, som kom hen imod ham. Nå, det var forsvareren med sin slidte mappe i hånden.

»Jeg skal lige tale med Dem. Efter at have gennemgået straffeloven er jeg kommet til den konklusion, at FE ikke kan udelukke mig fra at være til stede under afhøringerne af Dem. Fra og med i morgen vil jeg derfor være hos Dem for at støtte Dem mod overgreb fra forhørsledernes side.«

Erik takkede forsvareren og sagde, at det ville være til stor hjælp at have ham ved sin side i forhørslokalet.

* * *

Næste morgen sad Mikael på sit kontor. Han skulle til at række ud efter telefonen, da det bankede let på døren. Ind kom Ebbe Madsen og lagde en morgenavis på hans bord.

»Man må sandelig sige, at Du er kommet på forsiden.« Hele avisen var fyldt op med kæmpeoverskriften

FLYVERHELT REDDER LIVET PÅ NATOCHEF

Der var billeder af Learjetten, general Schultz og Mikael. Billedet måtte de have fået i flyveklubben. Avisen bragte store artikler med beskrivelser af nødsituationen og hvordan Mikael havde fået bragt generalens fly frelst til landing på FSN Værløse. Der var udtalelser af såvel flyets pilot og general Schultz samt andre adspurgte luftkaptajner. Alle berømmede Mikaels bedrift kun havde journalisterne til deres store fortrydelighed ikke kunnet få forbindelse med selve hovedpersonen. Karup var og forblev lukket land for pressen.

»Det er bare for meget,« sagde Mikael. »Man skulle fanneme tro, at vi havde vundet over Sverrige i fodbold ! Nå, det går nok hurtigt i sig selv igen.«

I det samme ringede telefonen. Ebbe vinkede og gik ud af kontoret. Det var Jackson :

HI, Mike! Hold da kæft, nu har du minsanten gjort det igen. Hele huset snakker ikke om andet. Ja selv de belgiske aviser har din redningsdåd på forsiden. Det bliver sgu svært at blive ved med at holde dit job og Enheden hemmeligt, når Du til stadighed stikker næsen frem og udfører dine heltegerninger.«

»Altså, jeg kan ikke få ind i mit hoved, at alle skal gøre et stort nummer ud af det. Det er jo enhver pilots pligt, at prøve på at hjælpe nødstedte fly, hvis de overhovedet kan. Vi er jo uddannet til det.«

»Ja, ja, det er godt med dig. Vel er I uddannede, men det er til at redde sig selv i en situation. Ikke at redde andre og så oven i købet med flyvning som de fleste end ikke ville have mulighed for at gøre. Nu må du sgu tage at læne dig tilbage og lade os andre hylde dig – det har du i hvert fald fortjent. I øvrigt tror jeg at hemmeligholdelse af Enheden ikke er så aktuel mere. Kommierne har sgu lugtet lunten. Det fortæller CIA os i hvert fald. Det betyder selvfølgelig ikke, at Enhedens virke nu skal udbasuneres. Vi holder det stadigt på de små nagler.

Schultz har for øvrigt ringet hjem og givet besked om,at vi hernede i hovedkvarteret vil holde en lille fest for Dig i messen i morgen om fjorten dage. Du skal selvfølgelig have Bente med herned, men ikke i galla denne gang. Det bliver fredag aften kl 1800. Du skal vel hjem på orlov i morgen?«

»Ja, Bente afhenter mig på Værløse.«

»Godt, så ses vi om fjorten dage og endnu engang tillykke. Det var fanneme flot gjort. Jeg sørger for et hotelværelse til jer, og I tager jo ligesom sidst med passagerfly herned. Giv mig lige et prej om tiderne for afhentning i Bruxelles! Hi.«

Mikael lagde telefonen på og gik ind til Ebbe, som lagde nogle telegrammer op på disken. »Posten har været her med disse. Det viste sig at være telegrammer fra Statsminister Anker Jørgensen – Forsvarsministeren – Forsvarschefen Admiral Viehe og ch Flyvevåben. Alle lykønskede ham med den veludførte dåd.

»Nu tror jeg snart ikke, at jeg kan tage mere. Det er for overvældende« sagde Mikael.

»Ja, "svarede Ebbe" det er ikke så ligetil at være en helt.«

»Jeg tror i stedet at jeg vil gå ind for at tale med personelafdelingen i Flyverkommandoen.«

Efter de nu sædvanlige lykønskninger talte Mikael med major Møller om at NATO ønskede at få seniorsergent Eskesen udnævnt til løjtnant af specialgruppen, når han til maj skulle være chef for værkstedet, som jo skulle servicere fly fra udenlandske eskadriller .Møller gav ham ret i at det ville være en fordel når Eskesen havde en grad højere end de øvrige mekanikere. En udnævnelse medførte imidlertid, at Eskesen skulle på et 3 måneders kursus på Flyvevåbnets officersskole. Mikael takkede for orienteringen og sagde, at han ville tale med Eskesen om det. »For resten chefen vil lige tale med Dem, jeg stiller om.«

Efter lykønskninger med mere, sagde Holst Sørensen, at det var blevet nødvendigt at afholde en pressekonference i Flyverkommandoen. Det ville man gøre kl 1300. »De skal selvfølgelig komme tilstede, nu kan De ikke skjule Dem længere. Jeg sender en vogn ud for at hente dem kl 1200 i Værløse. Vi ses.«

Mikael gik ind til Ebbe for at fortælle ham hvad Chefen havde forlangt. »Jeg flyver derover kl 11.15 og kommer tilbage i eftermiddag. Hvornår ved jeg ikke endnu. Jeg kan lige nå at tale med Eskesen,inden jeg skal af sted. Gider Du sende ham ind til mig?«

Lidt efter kom Eskesen ind på kontoret til ham. Sid ned Eskesen. Jeg har en glædelig nyhed til Dem. I anledning af at vi til maj måned får den tyske Eskadrille herop og dermed en hel del mekanikere som skal servicere deres fly, vil vi lade Dem avancere til værkstedschef. Det vil bla.andet indebære, at De bliver forfremmet til løjtnant af specialgruppen. Hvad siger De til det?«

Eskesen tyggede lidt på det og sagde så: »Det kommer jo lidt overraskende. Kan jeg så ikke længere rode med T33 erne?«

»Nej, for de udgår af tjeneste til den tid. I stedet skal De omskoles til Draken. Dem får vi to af, så de får rigeligt at bestille.«

»Hvad så med uddannelsen til løjtnant?«

»De skal på et 3 måneders kursus på officersskolen i Jonstrup«

»Ja, men så siger jeg tak for tilbuddet. Jeg havde godt nok aldrig regnet med at skulle ende som officer, men man kan vel vænne sig til det. Oberstløjtnanten må undskylde min frimodighed, men jeg vil bare sige, at vi alle ovre i hangaren er gevaldigt stolte af, hvad De har gjort.«

»Tak skal De have Eskesen. Jeg sætter stor pris på Deres anerkendelse. Nå, nu skal jeg vist også af sted, hvis jeg skal nå til Værløse til Kl. tolv.«

* * *

Fredag morgen kom Militærfolkene for at transportere Berg til Kastellet. Da han kom ind i forhørslokalet, var såvel oberstl. Christensen og Kapt. Sørensen som hans forsvarer allerede tilstede.

Christensen kiggede op på fangen og sagde: »Goddag Erik Berg. Jeg kan af udskriften fra KGB's skole i Moskva se, at De deltog i et spion kursus fra juni til november i 1971. Hvor ligger den skole henne i Moskva?«

»Det ved jeg ikke helt præcis. Vist nok i den nordlige ende af Moskva.

»Det var da besynderligt, at De ikke skulle vide hvor dette

kursus blev afholdt. De skulle jo møde op der hver eneste dag.«

»Ja, men vi blev den første dag, transporteret derhen i en bus. Vi blev indlogeret på et slags kollegium,som ligger et par bygninger derfra og der boede vi i hele kursusperioden.«

»Hvordan blev undervisningen afviklet på dette kursus?«

»Vi havde våbenbetjening og teoretisk undervisning og kendskab til russiske våbentyper. Derudover fik vi lejlighed til at lære skygning af personer, indbrud på døre med forskellige låsetyper. Vi blev trænet i en lang række fag, som er nyttige for agenter i marken. Jeg tror, at vi stort set fulgte de samme procedurer som Deres elever på tilsvarende kurser her i Danmark følger.«

»Hvor mange elever var der på Deres hold og fra hvilke lande?«

Forsvareren ind skød her: »Hvilken betydning har holdsammensætningen for sagen mod Erik Berg ? Mig forekommer det totalt irrelevant!«

»OK,« sagde Christensen. »Jeg omformulerer spørgsmålet Var der andre danskere på Deres hold?«

»Vi var 27 på holdet og jeg var den eneste dansker.«

»Ved De om der var andre danske tilstede på skolen samtidig med Dem?«

»Nej, jeg traf i hvert fald ikke andre herfra. De fleste af de andre elever var Afrikanere.«

»Kom De under Deres ophold på skolen, ud for andre ting, som overraskede Dem.?«

»Midt henne i kurset kom vi ud på en politistation i nærheden. Her blev vi som assistenter tildelt forskellige kriminalbetjente. Sammen med disse kom vi ud til forskellige steder, hvor forbrydelser havde fundet sted. Det drejede sig om alt – lige fra røverier i lejligheder til mord på personer. Vi fungerede som en slags praktikanter. Det var uhyre interessant.«

Sørensen, som havde siddet uden at deltage i udspørgslen af
Berg, rettede sig op i stolen og spurgte:

»Hvad med Deres forældre. Vidste de at De var i Moskva?«

Forsvareren vågnede op: »Sig mig, hvad har hans forældre
med sagen at gøre ? Det spørgsmål behøver De ikke at besvare.
»Sagde han, idet han vendte sig mod Erik Berg.

»Jeg har ikke noget imod at besvare dette spørgsmål. Mine
forældre vidste ikke, at jeg var i Rusland. De troede, at jeg var
på Interrail med jernbanerne.«

Hvad så med post til dem. Ville Deres forældre ikke undre
sig over, at de ikke modtog så meget som et brevkort fra Dem
i over 6 måneder?«

»Med hensyn til dette, havde russerne bedt mig om at skrive
5 brevkort med billeder fra forskellige lande i Sydeuropa. De
blev ikke dateret, men blev samlet ind. Siden sørgede KGB
for, at kortene med bestemte mellemrum blev sendt til lokale
agenter, som sørgede for at lægge dem i div. postkasser i de
rigtige byer. På den måde ville mine forældre kunne se, at jeg
på et tidspunkt havde været der under min rejse.«

På samme måde gik forhørene videre, således at FE efterhån-
den fik indsamlet og/eller bekræftet et væld af oplysninger om
Eriks ophold i Sovjetunionen.

* * *

Fredag eftermiddag kom Mikael til Værløse med Icetrain.
Bente stod parat til at hente ham og hilste ham med et stort
smil: »Hej, min helt. Du ligner sgu næsten et helt almindeligt
menneske. Hvad bilder Du dig ind?«

»Hej, min skat. Du må da godt røre ved mig. Jeg smitter
næsten ikke af.«

De gik over til bilen og kørte mod Tåstrup.

Mens de kørte hjemad fortalte Bente hun i går var blevet

40

ringet op af Leif fra kunstflyveunionen. Han spurgte, om du kom hjem på orlov i denne weekend. Da jeg svarede, at det gjorde du, spurgte han, om ikke de i unionen kunne lave en sammenkomst for at fejre begivenhederne fra forleden. Jeg blev selvfølgelig glad for deres opmærksomhed og inviterede på stedet bestyrelsen til middag i aften kl 18.30. Mikael udtrykte sin taknemmelighed, men sagde, at han havde håbet, at de kunne få en stille aften hjemme for dem selv. Bente beklagede, men nu havde hun altså inviteret dem.

»Du må vide, at det er svært pludseligt at være hele landets flyverhelt.«

»Ja, gud bedre det.« mumlede han.

De var efterhånden nået hjem. Da de kom ind i køkkenet, sad begge børnene der. Bordet var dækket af aviser slået op på artikler om faderen.

Idet de kom ind kiggede Jarl op: »Hej far. Hold da kæft hvor de skriver en masse om dig. Mand, vi er sgu da i hvert fald stolte af dig!«

»Tak unger ! Det er alt for meget. Det hele er bare en storm i et glas vand. Det er jo bare journalisterne, der helt urimeligt skruer hele sagen op.«

»Nej, ved Du nu hvad. Det er sørme sjældent både at se sin far i fjernsynet og på forsiden af alle aviser.«

»Ja, ja men nu er det nok. Få nu de aviser lagt væk. Mor har indbudt gæster fra kunstflyverne i aften. Der bliver jeg nok nødt til at fortælle hele historien én gang til. I kan få lov til at blive oppe og høre det hele.

»Bente brød ind: »Vil Du have en kop kaffe ? Jeg har købt et par basser.«

Nej tak. Jeg har allerede fået for meget kaffe i dag og gem du basserne til i aften.«

Mikael gik ind for at komme i noget almindeligt civilt kluns,så han kunne slappe af.

Om aftenen kom hele bestyrelsen til middag. Mikael bad om, at man fortrinsvis talte om kunstflyvning og eventuelle planer for fremtiden. Han lovede, at de nok skulle få historien om flyvetildragelsen efter middagen.

Bagefter fortalte han om det pressemøde,som Flyverkommandoen havde indkaldt til i går eftermiddags. Der havde han brugt en hel del tid på at fortælle hvor gavnligt det ville være for alle piloter, professionelle som amatører, at tilegne sig kundskaber i kunstflyvning, og at disse færdigheder havde dannet grundlaget for at han overhovedet havde været i stand til at udføre de mavøvrer, som han gjorde. Han havde endnu ikke haft tid til at læse, hvad pressen havde skrevet om hans udtalelser, men han håbede, at det meste var blevet refereret, og at det ville få vores medlemstal til at stige, når andre piloter fandt ud af, at det var vejen frem til at kunne beherske deres fly betydeligt bedre. Derpå fortalte han om selve rednings-aktionen endnu en gang. Alle var naturligvis begejstrede. De udtalte alle som med en stemme, at man var utroligt stolt over at have ham som formand,og at begivenhederne selvfølgeligt ville gavne Kunstflyveunionen for fremtiden.

Pludselig slog han sig på panden med flad hånd og vendte sig mod Bente: »Åh, det er sandt, jeg har fuldstændigt glemt at fortælle dig, at vi skal til Mons i Belgien på fredag. NATO holder en fest for os, fordi at jeg har reddet livet på general Schultz, som de påstår.«

»Hold da op, og det siger du først nu !

»Ja, vi skal med passagerfly til Belgien fredag eftermiddag. Jeg ringer ud for at bestille plads i morgen.«

* * *

Marcus Wolf rakte ud efter telefonen og drejede nummeret til souchefen for KGB i Moskva.

»General Whodakov ? Det er Marcus Wolf.«

»Goddag direktør. Hvad kan jeg gøre for Dem?«

»Vi har et lille problem med en oberstløjtnant i NATO.«

»Er det ham, der leder den nye kurertjeneste. Ham har jeg hørt om.«

»Ja, det er ham. Han har en utrolig evne til at stikke sin næse i en række sager, som er stærkt irriterende for os.«

»Lad mig høre hvad problemet er!«

»Som De ved, havde vi en højt placeret agent til at undersøge forholdene med hensyn til flyvningerne fra den nye enhed på Flyvestation Karup. Det var lederen af Enheden, som afslørede, at denne agent var trængt ind i Hangaren ved enheden. Agenten forsøgte at flygte, men oberstløjtnanten havde allerede alarmeret militærpolitiet som hurtigt kom til stede . De skød og sårede vores mand alvorligt. Han blev arresteret og sendt på hospitalet under streng bevogtning.

En indsats foretaget af KGB's mandskab fra ambassaden i København fik befriet agenten fra Rigshospitalet, hvortil han var blevet overført. Desværre reagerede FE i Kastellet omgående, de opdagede, at vi havde et fly stående parat i Maribo. Hurtigt fik de deres jagerforsvar sendt efter vort fly. Da piloten nægtede at efterkomme en ordre om at vende om, skød de flyet ned. Uden varsel. Dette blev pulveriseret af en raket, som jageren afskød. Ingen overlevede.

På samme tid havde vi fået placeret en mulvarp i FE, Erik Berg. Oberstløjtnanten, som åbenbart var på udkig efter unormaliteter, afslørede,at samme Berg, anvendte en mønttelefon, som var anbragt lige udenfor Kastellet, hvor FE har til huse. Det var selvfølgelig også tåbeligt af ham. Dette forekom oberstløjtnanten så besynderligt, at han slog alarm og derved fik sat en undersøgelse i gang der førte til afsløring af Erik Berg. Han er nu blevet arresteret og bliver afhørt af personel fra FE. Dette fører utvivlsomt til,at han bliver anklaget for spionage og stillet for retten. Han er således også tabt for os.«

»Jeg må godt nok medgive, at denne Lassen, er det ikke det han hedder ? Har et utroligt held i disse sager.«

»Ja, men ikke nok med det. For et par dage siden greb han ind i et uheld som var i færd med at koste en nedstyrtning med det fly som medførte den øverste chef for NATO i Europa, general Schultz.

Tilfældigvis var Lassen på vingerne i nærheden. Han overhørte det nødstedte flys SOS til kontrolorganet i Kastrup. Lassen fløj øjeblikkeligt de nødstedte til hjælp. Understøttede vingen på flyet, som var ved at styrte ned og hjalp det ved, hvad der i øvrigt må have været et fantastisk flyverpræstation, at tage vægten af den beskadigede vinge, til en militærflyveplads i nærheden af København. Han er i disse dage på avisernes forsider over hele Vesteuropa. Denne mand reddede desværre ved sin resolutte indgriben Natochefens liv. Det kunne vi godt have været foruden.«

Hr Wolf, jeg kan godt se, at denne mand har udviklet sig til en pestilens for Warshavapagten, men hvad er egentligt Deres problem?«

»Stasi kunne godt forestille sig at få fjernet denne Lassen. Jeg har hørt, at KGB har folk som er uddannet til sikkert og diskret at foretage den slags. Har De mulighed for at kunne hjælpe os med den sag?«

»Lad mig lige tænke mig lidt om. – Jo, for resten. Vi har nogle KGB agenter nede i Rumænien. De skulle være helt fantastiske til at eliminere uønskede personer. Lad mig lige få tid til at undersøge sagen, så skal jeg vende tilbage til Dem.

Tak general. Jeg vil vente i spænding på udfaldet af Deres undersøgelse. Endnu en gang tak og på genhør.«

Med et tilfreds smil på læberne lagde Wolf telefonen på plads i gaflen.

* * *

Solen stod i syd og kastede med al kraft sit lys mod toppen ad Moldoveanu, hvis sneklædte top med sine 2.543 meters højde beherskede dalen, hvor den 13 årige Christofolo sad og vogte et fåtal af geder.

Dyrene græssede på den magre skråning, der stejlt førte op mod toppen af bjerget. Længere nede i dalen lå hans hjem, en lille stråtækt ejendom, som bestod af et mindre hus, hvis boligareal bestod af et køkken, et lille opholdsrum og et soveværelse med etagekøjer langs væggen lå i den ene ende og stalden med plads til at par magre køer og en enkelt træk okse lå i den anden. Overfor huset lå en gammel utæt lade med en fold til gederne. De var for det meste kun inde i vinterhalvåret

Christofolo kunne oppe fra sin plads på skråningen se to mænd på vej op mod huset. Han gættede på, at det var de to sønner fra den noget større gård, som lå på den anden side af dalen, hvor jorden var betydeligt bedre end den ved hans eget hjem. Jordlaget her oppe på skråningen var så tyndt, at der knapt kunne gro andet end græs, som de kunne slå til hø, der gik til vinterfoder til kreaturerne. Derudover avlede de nogle forkrøblede roer der udgjorde et beskedent fodertilskud til køerne.

Hans moder dyrkede lidt urter i en køkkenhave anlagt bag ved huset. Penge var der ikke mange af bortset fra de få håndører, faderen tjente ved daglejen, han lejlighedsvis havde ovre på den større gård.

De to sønner derovre fra var ikke til megen hjælp. Almindeligt arbejde passede ikke de to dovne slyngler, der mest var til optøjer og balade.

Christofolo betragtede deres ankomst og frygtede det værste. Deres besøg bragte sjældent noget godt med sig. Han kunne iagttage, at faderen kom ud af stalden for at se,hvem det var der kom.

De stod alle udenfor huset, de to fremmede gestikulerede
med store armbevægelser. Helt op hvor han var, kunne han
høre, at der blev råbt højt, men ikke hvad der blev sagt. Han
kunne se, at den ene af brødrene hævede en stav,han stod med
i hånden og slog faderen over det ene ben. Faderen faldt om
og blev liggende. Christofolo kom på benene og begyndte at
løbe ned af bjerget, ned mod sit hjem. Den ene af de to brødre
løb over til laden, og Christofolo kunne se, at der blev tændt
ild i noget halm. Det tørre træ fængede omgående, og snart
stod hele laden i flammer, mens de to slyngler højt grinende,
begav sig derfra.

Christofolo kunne se sin moder komme ud fra køkkenet.
Hun løb først over til faderen, som lå forslået på jorden, og
derefter alt hvad hun kunne over til den brændende lade, hvor
hun begyndte at slæbe nogle af de landbrugsmaskiner, som
stod der, ud i det fri. Da hun var derinde anden gang brød
taget sammen, og det brændende tømmer faldt ned over hende.
Drengen løb alt, hvad han kunne, men der var langt derned.
Da han nåede frem, var laden brændt ned. Han fandt sin mor i
ruinerne, død. Taget var faldet ned over hende og havde dræbt
hende. Faderen, der lå hjælpeløs på jorden, måtte magtesløs
overvære sin hustrus død i flammerne uden at kunne komme
hende til hjælp. Drengen løb over til sin fader. Hans højre ben
var brækket, og han kunne ikke komme op ved egen kraft.
Christofolo fik ham, med stort besvær slæbt over til huset og
ind i køkkenet, hvor han blev anbragt på en slagbænk .

»Du bliver nødt til at løbe ned til landsbyen for at hente
doktoren. Jeg må have hjælp til det her ben.«

Drengen stak straks i løb – landsbyen lå ca 5 km længere nede
i dalen. Stærkt forpustet nåede han hen til lægens hus. Det tog
ham et par minutter inden han kunne få pusten så meget at
han kunne forklare lægen det, som var sket, og at moderen var
død og faderen havde brækket benet.

Lægen sadlede omgående sin hest og hastede op til Georgios sted.

Da han efter en halv times ridt nåede frem, fandt han en bleg Georgio halvt bevistløs med kraftige smerter.

»Jamen, hvad er her dog sket?« Udbrød lægen. »Lad mig straks se på det ben!«

I sin lægetaske fandt han en sprøjte frem, som han fyldte med et smertestillende middel og gav den forpinte mand en indsprøjtning.

Efter få minutter dukkede Christofolo op stærkt forpustet. Han havde ikke været i stand til at følge med i hestens tempo. Han greb fat i lægens arm, pegede over mod brandtomten, idet han stønnede: »Mor ligger der ovre – jeg tror, at hun er død!« Lægen fulgte med drengen derover, fandt moderens forkullede lig og udbrød: »Hende kan jeg desværre ikke hjælpe. Nu må jeg vist først tage mig af Georgio.«

Da han nåede tilbage til sin patient, var den beroligende indsprøjtning begyndt at virke. Han gik straks i gang med at sætte benet tilbage på plads, støttede det med en stålskinne og begyndte at blande noget gips, så han kunne afdække det læderede ben.

»Det her skal du beholde på i 6 uger, så skulle det brækkede ben være vokset sammen igen.« Imens han arbejde, spurgte han Georgio, hvad der var sket, siden familien pludseligt var blevet ramt af en serie fatale uheld.

Georgio fortalte, at de to skidte knægte fra den større gård længere nede i dalen var kommet herop og havde råbt op om, at han skulle holde sit kvæg fra at græsse på deres sæter. Han havde svaret dem at deres køer bestemt ikke havde noget at gøre på de fattigt bevoksede græsgange bag ved Georgios hus. Det havde ophidset de to bøller så meget, at den ene var begyndt at slå ham med en tyk stok, som han havde i hånden. Uheldigvis faldt slaget så hårdt, at benet brækkede. Den anden løb over til

laden., Her stak han ild i noget halm som straks blussede op
og antændte resten af laden der hurtigt brændte totalt ned. Da
kone så ilden, var hun kommet ud af køkkenet og var løbet over
til den brændende bygning, hvor hun prøvede på at få reddet
nogle landbrugsmaskinerne ud af ilden. Allerede ved hendes
andet forsøg faldt det brændende tag ned over hende. Det må
have slået hende bevistløs, for hun kom ikke ud igen.

»Hun er desværre død ! Hvad så med de to hvalpe,som havde
forårsaget det hele?«

»De to møgknægte gik højt grinende deres vej.«

Christofolo, som havde hørt faderens beretning og sammen-
holdt den med, hvad han selv havde kunnet konstatere på sin
vej ned af bjerget, blev ligbleg i ansigtet af ophidselse. Han
knyttede næverne og snerrede: »Det skal de få betalt!«

Efter at have færdigbehandlet det brækkede ben bad lægen
Christofolo hjælpe sig med at bære moderens lig ud af den
nedbrændte lade, så de kunne begrave hende bag ved huset.

Efter sin hjemkomst til landsbyen henvendte lægen sig til den
lokale landbetjent og fortalte om tildragelsen. Betjenten trak
blot på skulderen, idet han sagde, at det kunne han nok ikke
gøre noget ved. Der var jo tale om en tvist mellem storgårdeje-
ren og en ubetydelig landarbejder.

»Jamen, for pokker da ! Her er jo tale om et dødsfald.«

»Hvis det forholder sig, som du har fortalt mig, så løb ko-
nen jo selv ind i den brændende bygning, som så faldt ned
over hende og dræbte hende. Det kan man vel næppe bebrejde
skarnsknægtene og da slet ikke deres far!«

Imens var raseriet steget op i Christofolo. Alt omkring ham
blev rødt. Han gik ud til brandtomten, her fandt hen en spids
høtyv, som han samlede op. Med den i hånden gik han ned i
retning af den store gård i den anden ende af dalen. Da han
nåede frem, så han at den ældste af de to sønner stod og små-
drillede en kalv, der var tøjret bag ved gården. Idet Christofolo

kom hen til ham, vendte han sig halvt om imod ham og udbrød: »Hvad fa 'en vil du her. Din horeunge?«

Christofolo mælede ikke et ord men svingede høtyven over sit hoved og bankede af al sin kraft skaftet ind i nakken på knægten som overrasket mistede balancen og faldt om. I det samme vendte Christofolo høtyven om og stødte den i brystet på ham. Skriget fra den faldne fik den yngre broder til at komme farende omkring hjørnet på en nærliggende staldbygning og hen imod de to for at komme sin broder til hjælp Sammenbidt trak Christofolo høtyven ud af brystet på den faldne og vendte sig lynhurtigt om mod den fremstormende broder. Han stødte den spidse høtyv ind i maven på den tililende, der faldt til jorden som ramt af lynet Christofolo trak høtyven til sig og stødte den endnu en gang i knægten – denne gang i brystet nær hjerteregionen. Han slap skaftet, vendte sig omkring og gik hjemad til sin sårede fader uden at se sig tilbage.

En times tid senere kom gårdejeren ud for at se efter sine to sønner, det var ved at være madtid. Da han kom omkring staldbygningen fik han øje på de to, som begge lå på jorden. Den ene med en høtyv stikkende ud af brystet. Gårdejeren udstødte en ed og løb hen til drengene. De var begge blevet dræbt. Jamrende faldt gårdejeren sammen ved siden af sine to døde sønner. Efter nogen tids jamren og omklamring af de to døde, steg et sandt raseri op i ham. Dette her skulle hævnes. Han var sikker på at det måtte have været daglejeren længere oppe i dalen som var skyld i udåden.

Rødglødende løb han ind i huset for at hente sit jagtgevær. Hans kone som hørte ham komme, løb ind til ham og spurgte, hvad han havde for – Han fortalte grædende, at begge deres sønner lå dræbt ude bag ved stalden. Nu skulle det hævnes – det er helt sikkert daglejerens værk !

Konen stak i et hyl og løb ud til sine sønner. Hun kastede

sig ned over sønnerne – jamrede og skreg i sin kval. Faderen råbte og skældte ud, imens han sadlede sin hest.Konen kom lidt til sig selv og råbte til ham, at han ikke skulle begå selvtægt – det var ikke bevist at det var Georgio som havde gjort det. Han skulle i stedet ride ned til landbetjenten og lade ham tage affære. Hvis han selv gav sig til at skyde på den elendige daglejerfamilie, risikerede han bare selv at ende i fængsel – ja han blev måske endda henrettet !

Efterhånden fik hun ham ind imellem sine egne jammerskrig så meget beroliget, at hun kunne overtale ham til i stedet at ride ned til landsbyen og få fat i betjenten.

Nede hos landbetjenten stormede gårdejeren ind i stuen og råbte :

»Du må komme med det samme – de har myrdet mine to sønner!«

»Hov, hov ! Lad mig lige høre, hvad er der sket?«

»Det er daglejeren – han har myrdet mine sønner!«

»Jeg har godt nok hørt,at der har været ballade mellem jer to, men lægen var her for en time siden. Han fortalte at dine knægte havde slået Georgios ned og brækket hans ben. Derefter havde de sat ild til hans lade, som brændte helt ned. Bagefter gik de bare deres vej højt grinende uden at hjælpe den tilskadekomne. Lægen siger også, at Georgios kone omkom i flammerne, da hun prøvede at redde nogle landbrugsmaskiner, som stod derinde. Da Georgio var blevet slået ned af dine drenge, kan det ikke være ham, som har slået dine knægte ihjel, for han kan ikke rejse sig ved egen hjælp.

»Så må det have været hans knægt, der har været på spil!« Snerrede gårdejeren

»NÅ, ja vi må vel hellerede komme ud til din gård og se på sagerne. Du kan binde din hest bag på min vogn – så kommer vi derud lidt hurtigere.

Da de to en trekvarters tid senere nåede frem til gården lå

ligene af drengene stadig hvor de var blevet stukket ned. Den ene stadig med høtyven stikkende ud af brystet.

Betjenten konstaterede straks at de begge var døde formentligt dræbt ved stik fra høtyven.

»Sagen er klar. I kan godt bære dem ind i huset og gøre dem klar til begravelsen.«

Betjenten tog høtyven med sig og sagde: »Jeg kører ned til Georgio og forhører mig yderligere.«

Nede hos daglejeren spurgte han hvad der var sket tidligere. Han trak høtyven ud af bilen viste den til Georgio og spurgte: »Er det Jeres?«

»Ja«, det mente Georgio nok, »Hvor har du den fra?«

»Det er den man har brugt til at myrde de to knægte med, som først har været skyld i alt dette her.« Han slog ud med armen. »Hvor er Christofolo henne?« På betjentens spørgsmål kom drengen ind i køkkenet.

»Er det dig der har slået de to knægte ihjel?«

»Ja, det var mig. »Svarede Christofolo med svag stemme. »De to havde forinden brændt vores lade af og slået min mor ihjel. Far brækkede de benet på.«

»Så må Du hellere komme med mig hjem, så jeg kan få hele historien. Jeg skal have skrevet en rapport og sendt ind til politiinspektøren i Brasov. Tag noget varmt tøj på og sæt dig ud i bilen.«

Derefter gik han hen for at se på den nedbrændte lade. Bagefter gik han også om bag huset og så på den nyligt tilkastede grav. Det måtte være moderens.

Betjenten kiggede ind i køkkenet til Giorgio og spurgte: »Hvem har begravet din kone?«

»Det har doktoren og Christofolo.« Svarede han.

»Jeg tager af sted nu og tager din søn med mig. Jeg er helt sikker på at jeg skal aflevere ham i Brasov. Indtil jeg kan komme af sted bliver han hos mig. Kan du klare at få dig lidt mad?«

»Ja, det går nok, hvis bare jeg havde en kæp til at støtte mig til, så skal jeg nok klare mig.«

»Jeg har en knortekæp i vognen – den kan Du få. Jeg håber det går .«

Inde i landsbyen forhørte betjenten sig om detaljerne i dagens begivenheder, renskrev sin rapport og ringede til politiinspektøren. Til ham afgav han en mundtlig rapport og fik besked på snarest muligt at køre Christofolo ind til arresten i Brasov og samtidig at aflevere sin rapport på politistationen.

Senere blev Christofolo grundigt forhørt af politiinspektøren. Efter at have slået fast at hævnmordene var blevet begået i affekt meddelte han Christofolo, at han måtte regne med at skulle tilbringe de næste ti – tolv år i fængsel.

Der var imidlertid en chance for at det kunne gå anderledes. Der var stor mangel på egnede emner til statens skole for spioner. Hvis drengen ville indvilige i at lade sig optage på en sådan skole i Bukarest kunne han, hvis han blev optaget, slippe for straf. Kursus på skolen ville tage omkring 10 år. Han kunne bo på skolens kaserne. Politiinspektøren havde straks set at drengen havde evner til at blive uddannet til den særlige slags snigmordere, som rumænerne havde specialiseret sig i at udklække.

Christofolo tilsluttede sig straks plitiinspektørens forslag og slap derved for at skulle for en dommer og i fængsel i lang tid. Samtidig fortalte politiinspektøren ham, at den uddannelse ville sikre ham en høj status inden for sikkerhedstjenesten.

* * *

Den følgende fredag rejste Mikael og Bente med SAS ordinære rute til Bruxelles. I lufthavnen stod en limuosine fra hovedkvarteret klar til at modtage dem. Chaufføren kørte dem direkte ned til deres hotel i Mons. Efter at have fået deres bagage anbragt på værelset foreslog Bente, at de tog eftermiddagskaffen i hotellets restauration. Der var endnu et par timers tid til at de skulle til middag i messen.

Efter kaffen gik de en tur i den dejlige augusteftermiddags sol og kiggede på de gamle, smukke huse, som prægede byen.

»Her nede tror jeg såmænd, at jeg godt kunne trives med at bo. I hvert fald for en tid,« Filosoferede Bente.

»Det tror jeg ikke, hvad så med børnenes skolegang, deres kammerater, for slet at tale om din familie, din mor. Næ, Bente, det tror jeg ikke ville være nogen god ide mere end et par dage ad gangen.

Efter at de var kommet tilbage til hotellet, klædte de sig om. Bente havde medbragt en let sommerkjole i offwhite. En kjole som med sit lette stof svøbte sig om hende og derved fremhævede hendes formfuldendte skikkelse. Mikael iførte sig sin medbragte uniform, frisk afhentet på renseriet.

Da de til fods, kom hen til messen var der allerede mødt en betragtelig mængde gæster op. Mange af disse kom hen for at hilse på danskerne. Alle vidste åbenbart, hvem de var, og at festen blev holdt til ære for Mikael.

I det samme kom general Schultz ind af døren. Han stilede straks hen til Bente og Mikael: »Goddag og hjertelig velkommen. Hvor er det dog herligt at se jer. Det er lykkedes mig at overtale vores tyske forbindelse til at sende os et par vildsvin, som kokken derefter har brugt alle sine heksekunster på at forberede. De smager jo forbandet godt, de bæster.«

»Fantastisk,« lo Mikael »som vi dog bliver forkælede. Det er sandeiig godt at vi ikke skal leve så fornemt til dagligt. Det ville hurtigt gå ud over figuren.«

En rungende røst fortalte, at Jackson var ankommet I samme øjeblik stormede han ind af døren, skarpt fulgt af Norma. Begge med retning direkte mod ægteparret Lassen: »Min kære dreng ! Velkommen herned. Vores allesammens helt. Jeg ser at du allerede er blevet budt velkommen af chefen.« Han kom hen til dem og trykkede overstrømmende dem begge to i hænderne.

Høfligt vendte de sig begge derefter til Norma og hilste varmt på hende.

I det samme kaldte messeforstanderen til bords med sin klokke.

»Kom med mig denne vej.« Sagde Schultz. I aften skal I sidde nede ved bordende ved siden af mig. I er jo æresgæsterne.«

General Schultz gik ned til bordenden, Bente og Mikael blev anbragt ved generalens højre side.

Efter at alle havde sat sig til bords, rejste generalen sig op. Tog sit glas og sagde: Kære æresgæster, kære alle sammen. Hjertelig velkommen til dette prægtige bord. Desværre kunne general-sekretæren ikke være tilstede i aften idet han har et møde med premiereministeren af Storbritanien i London, men jeg skulle hilse fra ham og overbringe hans dybtfølte tak til Mikael Lassen.

Skal vi udbringe en skål for NATO!«

Forsamlingen rejste sig og løftede deres glas.

Forretten som på forhånd var blevet serveret, bestod af melonstykker fra Frankrig omsvøbt med røget tynde stykker af Bayonneskinke.

Derefter blev hovedretten spidstegt Vildsvin på store fade bragt ind og serveret af messens personale. De velgennemstegte vildsvin blev serveret med små hvide kartofler og en kraftig vildsovs. Til det hele fik man råsyltede tranebær. Vinen var en spätlese fra Alsace.

Maden blev fortæret af forsamlingen ledsaget af mange anerkendende ord og nik i retning mod køkkenet.

»Det er dog et mageløst velsmagende måltid,« sagde Bente til Schultz. »Man kan godt forstå at Staben her i NATO kan træffe gode beslutninger, når man bliver så forkælet.«

»Ja,« svarede Schultz, »Det er godt at have gode forbindelser i medlemslandene.«

Generalen slog derefter på sit glas og rejste sig.

»Kære æresgæster, mine herskaber. Det er yderst sjældent, at vi her i hovedkvarteret afholder en fest alene for at fejre en enkelt person. Det gør vi imidlertid i aften, idet oberstløjtnant Mikael Lassen har med sin usædvanlige personlighed endnu en gang forbløffet os alle. Med sin resolutte indgriben i en nødsituation, hvor et fly med bl.a. undertegnede ombord blev reddet fra, hvad der anses for en uundgåelig nedstyrtning. Til trods for at størstedelen af beretningen om bemeldte situation er særdeles kendt her i huset, vil jeg alligevel ikke undlade at bringe en forkortet udgave ved denne lejlighed.

Fem personer fløj fredag d. 14 aug. herfra med et lille Lear Jet passagerfly ført af to piloter med retning mod København hvor vi skulle deltage i et møde med den danske forsvarschef. Flyet fløj, som sædvanligt for den slags korte ture, i 12000 fods højde .Da vi nærmede os området med Storestrømsbroerne, bad jeg piloterne om at gå ned i ca. 2000 fod, idet jeg ønskede at få et godt udsyn over det naturskønne område. Piloterne gjorde,som jeg bad dem om. Hvad jeg imidlertid ikke havde taget i betragtning var, at netop dette område var særdeles kendt for at samle store flokke af trækfugle her ved efterårets begyndelse Min manglende indsigt i stedets tiltrækning for ikke mindst vadefugle, gav øjeblikkeligt det resultat, at vores fly ramlede ind i en flok gæs på et halvt hundrede stykker. En enkelt fugl var så uheldig at blive fanget af vores højre motor. Fuglen blev totalt splittet ad og motoren stoppede omgående. Nogle gæs må have ramt vingetanken på højre vingespids som derved blev slået skæv. I hvert fald var det højre krængeror blevet beskadiget og forblev presset opad og dermed ubrugeligt Da vort fly bevægede sig med en hastighed af ca. 800 km/t lykkedes det ikke for fuglene at komme af vejen i tide. En mængde af dem blev ramt af højre vinges skarpe forkant og totalt splittet ad.

Resultatet var, at hele vores højre vinge flød med blod og fjerrester. Chefpiloten havde det største besvær med at tæmme flyets vilde bevægelser. Han gav derfor 2.-piloten besked om at udsende et nødsignal. Dette blev straks opfanget af flyvelederne i Kastrup, og vi blev omgående henvist til nødfrekvensen. Her fik vi så afleveret vores situationsbeskrivelse og blev bedt om at rette kursen direkte mod Kastrup Lufthavn. Stor var derfor forbavselsen, da en myndig stemme brød ind og meddelte, at han, som fører af et NATO-fly, var tæt på os og at han ville komme os til hjælp. Få minutter senere dukkede et fly, en T33, op på vores højre side. Han tog straks bestik over situationen og meddelte os, at han nu vidste, hvordan han kunne hjælpe os, således at uheldet ikke ville ende med en nedstyrtning.

Den tililende pilot meddelte os at han lige ville afkaste sine vingetanke i en nærliggende sø og derefter vende tilbage og understøtte vores læderede vinge. Mens han var borte kunne vi over radioen følge at han meddelte flyvekontrollen, hvad han ville forsøge og bad samtidig om en kurs til Flyvestation Værløse.

Kort efter kom redningsflyet tilbage. Nu uden de karakteristiske vingetanke på vingespidserne. Han meldte sig over radioen og sagde at nu ville han flyve ganske tæt på os, bringe sin venstre vingespids ind under vores højre . Løfte ganske forsigtigt op og dermed tage trykket af deres ødelagte vinge. Derefter gjorde han, som han havde fortalt. Straks fjernede dette den skæve belastning på styregrejerne og vores pilot kunne slappe mere af. Vi fik derefter besked over radioen om at holde den samme hastighed, som flyet havde nu. Mon han med en motor var i stand til at kravle lidt højere op. Vi var i mellemtiden endt nede i ca. 1500 fod. Han ville gerne have os op i 3000 fods højde, så der var lidt mere at give af hvis det skulle blive nødvendigt. Vores hjælper meldte derefter om situationen til

Kastrup og fik samtidig en radarvektor til Værløse .Forsigtigt rettede vi kursen mod den korrekte retning og krøb samtidigt langsomt op imod den ønskede flyvehøjde.

På dette tidspunkt vidste vi ikke hvem piloten på kurerflyet var. Kun kunne vi ved hjælp af hans kaldesignal »NATOMIL 12« regne ud at det var en af de ledende i enheden.

Vi nærmede os efterhånden flyvestationen, og med den i sigte skiftede vi på hans kommando radiofrekvens til Tårnet der. Piloten bad om tilladelse til en direkte indflyvning til bane 011, idet han, som flyvelederen sikkert allerede var klar over, havde et havareret fly med på vingen. Landingstilladelsen kom omgående. Redningspiloten forklarede nu, at vi langsomt skulle nedsætte farten til 210 km/t., slå understellet ud og derefter søge at lande i banens venstre side. Han ville så følge med ned til omkring 1 meters højde. Så snart at Learjettens landingshjul rørte banen, ville han gå ca 30 cm længere ned give sit fly gas og flyve fremad og derved frigive sit løft i vores vinge. Og han gjorde det Gud hjælpe mig. Aldrig i mine dage har jeg troet, at nogen kunne kontrollere sin flyvning så perfekt. Vi landede derefter uden besvær, og redningskøretøjerne kunne atter køre tilbage til deres garager på flyvestationen. Redningsflyet tog en kort runde og kom derefter ind til landing, denne gang dog med sit understel nede. Da vi var kommet godt ned og var blevet parkeret steg vi straks ud for at tage det medtagne fly i øjesyn. Vores hjælper parkerede tæt i nærheden og hvem andre end oberstløjtnant Lassen steg ud ! Med tårer i øjnene gik vi straks over til ham og takkede ham for den enestående dåd, som helt sikkert havde frelst vore liv.

Dette var i korte træk beretningen om, hvorfor vi fejrer vores flyverhelt ved denne lejlighed. Personligt tror jeg, at han ved den lejlighed skrev flyhistorie. Få piloter hvis overhovedet nogen, ville kunne gøre ham vovestykket efter .

Kort tid efter min tilbagekomst til Mons blev jeg beordret

til at komme til Det Hvide Hus. President Ford ville have en direkte øjenvidneskildring af begivenheden. Efter målløst at have påhørt min rapport, bestemte han på stedet, at Amerika skulle hædre en sådan person. Han talte kort i telefon med US forsvarschef og sammen bestemte de at ville give Dig Mikael Lassen den største militære hæder, som USA råder over. President Ford bad derefter mig på hans vegne, at overrække dig den yderst sjældne »The Silver Star« med ret til at bære samme.«

General Schultz bad Mikael om at komme hen til sig, hvorefter han hæftede medaljen på Mikaels bryst. Forsamlingen klappede bragende. Generalen løftede igen sit glas og sagde :

»Jeg vil blot tilføje, at det er yderst sjældent, at denne orden tildeles personel i fredstid og den bliver så at sige aldrig givet til udlændinge. Lad os drikke heltens skål. Mikael længe leve!«

Efter nogen snakken faldt der igen ro over bordet, og man gjorde sig så småt klar til at få serveret desserten. General Jackson slog på sit glas.

»Mine herskaber. Når jeg nu rejser mig er det egentlig ikke for at holde en tale, men blot fordi at jeg simpelthen ikke kan lade være med endnu en gang at hylde vor helt.Jeg har i den sidste tid været totalt besat af trangen til at hylde dig Mikael. Det er simpelthen så sjældent – så enestående at få lejlighed til at fejre en mand af din kaliber.«

»Jamen, for pokker, hvad jeg gjorde ved den lejlighed er bare, hvad der er enhver pilots simple pligt, nemlig at yde nødhjælp, når der er behov. Derudover er det jo noget vi alle i systemet er oplært til at gøre.«

»Ok, Ok det er godt med beskedenhed, men det I har lært er, hvordan den enkelte pilot skal redde sig selv, og hvis det er muligt sit fly. Ikke, sådan som Du gjorde, at redde et fremmed fly med dets besætning og passagerer. Det alene gør, at du prompte agerede som det du i sandhed er: En helt. Det kan du ikke, på nogen måde blive hyldet for lidt for.«

Jackson satte sig ned igen. Mikael rejste sig op og sagde:

»Jeg synes nu at dette her en ved at tage overhånd. Ikke for at jeg ikke er taknemmelig for den hyldest og formidable belønning organisationen har givet mig. For det er jeg og ganske overvældet. Begivenhederne giver mig derimod lyst til at fortælle en sandfærdig historie om en pilot der ved sin intelligens og snarrådighed frelste et helt lands omdømme inden for kunstflyvningen.

Mandens navn er Neil Williams. Han er pilot i RAF og en særdeles anerkendt kunstflyver i Storbritanien. En aften efter at have afsluttet sin træning sammen med det øvrige hold, som var udtaget til at repræsentere England ved det kommende verdensmesterskab i kunstflyvning., gjorde han sig klar til at vende hjem til basen. Han fløj i en Zlin 326, et tjeckisk bygget specialfly. Det mest moderne kunstflyvningsfly som var til rådighed på den tid. Da han belavede sig på at flyve tilbage til startflyvepladsen, opdagede han at flyets ene vinge begyndte at arbejde sig opad. En faretruende situation. Han risikerede simpelthen at vingen blev revet af og han at styrte ned. Hurtigt tænkte over hvad han kunne gøre for at få flyet hjem. Derefter vendte han resolut flyet om så han fløj på hovedet. Derved fik han det opadgående pres taget af vingen så han havde en chance for at den blev på flyet indtil han kom hjem. På den måde lykkedes det for ham at nå frem til flyvepladsen. I ca 15 meters højde over jorden vendte han flyet om til retvendt og indledte landingen. Ca 1 meter over banen gav vingebeslaget op, og vingen svingede op om flykroppen. Flyet havarerede, men på grund af den ringe højde over banen, kunne han gå fra vraget uden andet end overfladiske skrammer. Den situation tror jeg aldrig nogen anden pilot har kunnet præstere og samtidig være sluppet levende fra. Var han omkommet under sit geniale forsøg på at klare situationen, ville det utvivlsomt have været en katastrofe for kunstflyvningen fremover. Nu

resulterede sagen i stedet i, at man konstaterede at et vingebe-
slag var blevet overbelastet og man indførte kortere intervaller
for at kontrollere disse beslag for fremtiden.

Se, det kalder jeg en flyverhelt, hvis handling gav årsag til,
at man lovpriste hans uovertrufne evner som pilot og ikke
miskrediterede en hel sportsgren som et fatalt havari ellers ville
have afstedkommet«

Forsamlingen applauderede Mikael for hans beretning og
resten af aftenen savnede derefter ikke stof til samtaler.

2

Mandag formiddag efter at Mikael var kommet tilbage til Enheden, kom Ebbe ind til ham med en besked som var kommet med den interne post. Han rakte papirerne over til Mikael, idet han sagde :

»Der en besked fra Eskadrille 725. De påtænker at starte teorikursus til vores omskoling til Draken den anden oktober. Tror du, at vi kan arrangere det således, at vi begge kan deltage samtidig?«

»Hvor lang tid har de sat af til det kursus?«

»Det skulle vare 1 uge, så det skulle vel være muligt for os at deltage samtidig. Så kan vi også hjælpe hinanden.«

»Mener du, at det er ok, at premiereløjtnant Sørensen alene kører OP afdelingen ? Mit job kan kaptajn Jeppesen passende overtage.

»Ja, jeg tror godt at vi kan overlade kommandoen til de to. Sørensen har nu opnået en passende øvelse i at køre OP. Så det skal nok gå for så kort en periode. Skulle der opstå problemer, kan de jo altid spørge os om aftenen.«

Det bliver herligt at komme i gang med omskolingen. De siger, at Draken er et aldeles fremragende fly. Noget med lidt mere kraft i motoren. Den skulle kunne komme helt op på omkring 1000 knob. Det kommer vi nok ikke til, men det er rart med de ekstra kræfter i reserve.«

»Ja, jeg glæder mig også som et lille barn til at komme i gang med den fugl.

For resten spørger 725 også til Eskesen. Han skal jo på et månedlangt mekanikerkursus. Hvordan ligger det med hans skoling på FLV's officerskole?«

»Det ved jeg sgu ikke, jeg bliver nødt til at spørge i flyvevåbnets personaleafdeling. Jeg tror, at jeg ringer til dem med det samme.«

I Flyvertaktisk Kommando kunne major Møller oplyse, at Eskesen var blevet anerkendt til udnævnelse til løjtnant af specialgruppen. Forinden skulle han dog på et kursus for special-officerer som afholdtes på officersskolen i Jonstrup fra d. 1. februar til d. 30 april og afsluttes med udnævnelse efter bestået eksamen. Bagefter ringede Mikael til Eskadrille 725 hvor han fik oplyst, at Eskesen skulle deltage i et kursus på hovedværk-stedet på F5 i Sverrige fra d. 3/1 til d. 30/1 -76.

»Hold da kæft!« udbrød Mikael efter at have lagt telefonen på. »Vi skal, ved gud, afstå Eskesen til kurser i 3 måneder fra nytår.«

»Så bliver vi nødt til at få kørt seniorsergent Pedersen ind på at overtage ledelsen af værkstedet i den periode. Nåh, det kan han vel også nok klare!«

»Hvad så med Eskesen ? Hvordan skal hans uddannelse for-dele sig?«

»Først skal han på skole på hovedværkstedet i Sverrige i hele januar, derefter skal han på officerskolen i Jonstrup fra d. 1. feb til d. 30. apr., hvorefter han bliver udnævnt pr 1. maj, hvis han består eksamen.«

»Hold da kæft et besvær han skal igennem bare for at få en stribe nederst på ærmet«

Telefonen ringede igen på Mikaels skrivebord.

»Jeg stikker ind til mig selv.« Hilste Ebbe.

»Oberstløjtnant Lassen!«

»Mikael Lassen ?

»Ja, det er mig.«

Goddag, du taler med politikommisær Johansen fra Politiets Efterretnings Tjeneste. (PET). Jeg har en vigtig besked til dig som jeg desværre ikke kan give dig over telefonen.«

»Det var dog usædvanligt«

Ja, emnet er så delikat,at det kun kan berøres ved et møde under fire øjne. Kan vi mødes?«

»Det kan der vel ikke være noget i vejen for. Hvor og hvornår skal vi mødes?«

»Jeg vil foreslå at jeg i morgen kommer over til Karup, hvis det kan passe!«

»OK, det er så en aftale. Jeg vil foreslå, at du tager med Flyvevåbnets transportfly »Icetrain« fra FSN Værløse kl 11.oo i morgen formiddag. Så skal jeg sørge for at der er plads til dig. Kør ind af porten i Lille Værløse og få vejledning i vagten. Du skal være en halv time før afgang. Tag varmt tøj på, du skal flyve med et uopvarmet fragtfly. Det kan godt være lidt køligt.«

»Tak, det lyder fornuftigt,« svarede Johansen. Kan jeg så komme med tilbage med et senere fly til Værløse?«

»Ja, det kan lade sig gøre. Der går et retur kl 15.oo. Jeg henter dig ved flyet.«

»Godt vi ses i morgen!«

»Hov ! Kan jeg ikke få dit telefonnummer ? Jeg skal lige have ordnet det med transportofficeren. Skulle der være forhindringer, ringer jeg inden for en halv time. Hører du ikke fra mig inden da, er sagen i orden.«

Mikael fik det direkte nummer til Johansen og ringede af.

* * *

Den følgende formiddag kørte Mikael over til platformen ved tårnet for at tage imod sin gæst. C 47 eren taxiede frem foran administratinsbygningen og gjorde holdt. Den eneste civilist som steg ud af flyet var en stor kraftig mand. Næsten en bodybuilder type. Mikael gik over til ham og sagde :

»Er Du kommisær Johansen ? – Jeg er oberstløjtnant Mikael Lassen.«

Den nyankomne svarede bekræftende, og de hilste på hinanden.

»Skal vi køre over på mit kontor ? Der kan vi tale sammen i fred og ro.«

Da de kørte op ad stikvejen til Enheden, sagde Mikael mens han slog ud med armen :

Disse bygninger er så Enhedens domæne. Det er NATO's nordligste operative enhed. Hvad vi laver vil jeg ikke fortælle dig. Det er hemmeligt.«

»Det behøver du heller ikke,« sagde Johansen. »Det ved jeg nemlig godt. Husk på at jeg er fra PET.«

»Vil Du have en kop kaffe ?

»Ja tak, det var måske ikke så ringe.« Idet de kom forbi OP,åbnede Mikael døren og præsenterede :

»Det er Major Møller, min næstkommanderende. Møller, det her er politikommisær Johansen fra PET. Kunne du ikke sørge for, at en af svendene kommer ind med en kande kaffe til os?«

Ebbe rejste sig :

Goddag hr kommisær. Jo, jeg skal nok sørge for kaffen!«

Efter at Johansen havde fået overtøjet af og var blevet anbragt foran skrivebordet, sagde han :

»Ja,jeg kan vel lige så godt springe som krybe i det. Det drejer sig om at vi har fået et tip fra Stasi i Berlin, om at man har i sinde at sende en snigmorder her op for at forsøge at tage livet af dig.«

Det gav et ryk i Mikael: Forsøge at myrde mig ? Jamen hvorfor ? Jeg er da en person af ringe betydning i den sammenhæng.«

»Det vil jeg nu ikke holde med Dig i. Du har allerede drillet Warshawapagten temmelig meget. Jeg kan bl.a. nævne at du fik fanget en af deres mest kendte agenter her i Karup. Du fik også sat FE på sporet af en muldvarp, som var blevet plantet i efterretningstjenesten af Stasi.For nylig reddede du med en enestående indsats den øverste general for NATO i Europa og

64

sidst men ikke mindst, du er chef for denne enhed, der sørger for at sammenslutningen stadig kan føre taktiksk kommando uden at de røde kan blande sig deri. Disse ting udgør trods alt vægtige årsager til, at man kan ønske at få dig elimineret.«

»Du godeste, skal der virkeligt ikke mere til, før de reagerer så vanvittitgt derovre ?

»Det er faktisk noget, vi må tage temmelig alvorligt. Det vi har fået at vide er, at selveste Stasis chef, Marcus Wolf, har bedt KGB om at få en af deres specialister fra Rumænien til udføre jobbet. Det er mordere, som har udviklet en særlig metode til ved hjælp af særligt præparerede paraplyer, som gør at de ganske upåagtede kan give et offer dødsstødet. Selv om de befinder sig midt i en menneskemængde. Det gjorde de f. eks i London. Lige midt på gaden.«

»Det lyder, som om offeret ikke har mange chancer for at undgå dem.«

Nu er vedkommende endnu ikke kommet her til landet. Vi holde, imidlertid skarpt opsyn med indrejsende, især fra Østeuropa. Vi har også overvejet at give dig en livvagt. Rigspolitiet har en afdeling for livvagter, de passer f.eks på kongehuset Det er bl.a. derfor jeg gerne ville herover. For at kunne danne mig et billede over forholdene her.«

»Klokken en nu halv et. Skal vi tage op i messen for at spise frokost ? Så kan vi bagefter tage en tur rundt i terænnet, så Du kan se på forholdene.«

Efter frokost kørte de rundt på flyvestationen. Mikael viste Johansen, at man ikke kom igennem vagten uden at vise Idkort. Enhedens bygninger lå omtrent midt inde på Flyvestationen og Johansen så tydelige eksempler på, at militærpolitiet havde skærpet bevogtning af Enhedens område.

Da de var kommet ind på Mikaels kontor igen, udbrød Johansen :

»Ja, jeg tror ikke, at du behøver livvagt når du er her inde på flyvestationen. Her kommer ingen ind uden at blive bemærket. Endelig har vore folk endnu ikke konstateret, at snigmorderen er ankommet, så indtil videre venter vi med at foretage os noget, indtil han er i landet. Når først, han er ankommet, må vi nok arrangere en livvagt til dig når du er hjemme eller i København. Har du særlige tidspunkter med fremtidige aktiviteter i hovedstaden?«

»Ja, jeg har jo først og fremmest mine weekendorlovs, hvor jeg er i Tåstrup. Derudover kommer, at jeg i januar måned skal følge mit årlige 3 måneders kursus på officersskolen på Frederiksberg Slot.«

»Ok, lad os håbe, at vi kan vente med at give dig livvagt til den tid. Her på Stationen behøver du ham i hvert fald ikke.«

»Nej, militærpolitiet passer godt på mig herinde. Nå, nu er det vist på tide, at jeg får afleveret dig ovre ved flyet så du kan komme hjem til konen.«

Tak for i dag, vil du holde os underrettet, hvis der skulle indtræffe uventede ændringer i din hverdag ?

Ligeledes vil vi straks kontakte dig, hvis vi konstaterer,at rumæneren er ankommet til landet.«

* * *

På Kastellet havde afhøringerne af Erik Berg efterhånden fået klarlagt de sidste detaljer om Eriks foretagsomhed. Bl.a. havde man fået en helt klar forståelse af hans medvirken til bortførelsen af spionen fra DDR. FE var nu gået i gang med at sammensætte anklageskriftet således, at Auditøren kunne forberede en retssag mod Berg. Anklageren ringede til Mikael i Karup for at aftale en vidneafhøring af denne og gjorde det således klart, at Mikael ville blive indkaldt som anklagerens vidne når sagen kom for retten Auditøren ville sende en mand over til Enheden midt i næste uge for at kunne få afhøringen af Mikael ind i sammenhængen, inden anklageskriftet blev færdigt.

Telefonen ringede på Mikaels skrivebord, det var Esk. 725 som forhørte sig om hvorvidt at de kunne regne med, at både Mikael og Ebbe Madsen kunne afse tid til at vær en uge på kursus samtidig.

Mikael bekræftede, at dette var muligt, og at de to ville møde op i Eskadrillen mandag i næste uge kl. 10.oo, som angivet i kursusplanen.Så snart Mikael havde lagt telefonen på, bankede det forsigtigt på døren.

Mikael råbte: »Kom ind!«

Da døren gik op, så han at det var Eskesen. »Kom ind og sæt Dem ned. Hvad kan jeg hjælpe Dem med?«

Eskesen satte sig foran skrivebordet og sagde: »Hr oberstløjtnant, Vi har et problem. Det er depotet, de kan stadig ikke levere de elektriske artikler som vi skal bruge. Nu har vi allerede 2 stk T33 stående på jorden. Som oberstløjtnanten ved, er vi på vores gamle lager udgået for netop disse reservedele.«

»Hvor længe har De bedt depotet om at fremskaffe disse dele?«

»Der er nu gået en uge. Flyene kan ikke flyve, før vi får udskiftet disse dele. Man havde lovet os, at alle reservedele, hvoraf disse er blandt de almindeligst anvendte, skulle være klar til øjeblikkelig udlevering, når behov opstod.«

»Ja, vi kan ikke leve med at skulle have fly stående på jorden. Jeg skal tale med løjtnant Halgreen her i eftermiddag, så vi kan få en ende på dette problem.«

Eskesen sagde tak og rejste sig for at forlade kontoret.

Mikael tog telefonen og ringede til Jeanette i Belgien.

»Hej Jeanette, det er Mikael.«

»Det er alt for længe siden at jeg har hørt fra dig.«

»Du må altså meget undskylde mig, men det har været

komplet umuligt for mig at sætte mig i forbindelse med dig. Især efter al det postyr med uheldet med Schultz'fly.«

»Hvornår ser jeg så dig igen?«

Det er faktisk derfor at jeg ringer. Jeg har mulighed for at komme ned til dig på lørdag. Hvad om du afhenter mig kl 18.oo i Chivres lufthavn på fredag? så kan vi have hele lørdagen sammen.«

»Det lyder godt Mikael. Det vil jeg glæde mig til. Hvor længe bliver du her?«

»Hvis jeg kan overnatte hos dig, behøver jeg først at tage tilbage til FSN Værløse søndag morgen tidligt.«

»Herligt – Jeg skal nok hente dig på flyvepladsen på fredag, og selvfølgeligt skal Du sove hos mig. Hvor ellers?«

»Tak, min skat. Vi ses på fredag. Hej!«

Derefter ringede Mikael op til Flyvestationens hovedlager: »Det er oberstløjtnant Lassen, jeg vil gerne tale med løjtnant Halgreen.«

»Løjtnant Halgreen!«

Goddag, det er oberstløjtnant Lassen fra NATO – enheden. Min mekaniker fortæller mig, at der er knas med at skaffe nogle reservedele til to af vore T33ére. Hvordan kan det hænge sammen?«

»Hr oberstløjtnant, vi har allerede bestilt dem for en uge siden. Fabrikken kan ikke levere før på mandag, så inden da kan jeg ikke gøre noget for Dem.«

»Sig mig, var det ikke en fast aftale, at hovedlageret skulle føre alle reservedele til T33 og at især de dele der, bruges flest af skulle, ligge i et større antal?«

»Jo, vi har endnu ikke fået alle reservedele op på normeret antal endnu. Det har vi allerede sat i gang. Desværre vil fabrikken ikke love os de rekvirerede reservedele før på mandag. Jeg er ked af,at De må have 2 stk T33 fly på jorden indtil da, men jeg kan intet gøre før den tid.«

»Jeg vil ikke sige at jeg er særligt tilfreds med det, men ok vi afventer til mandag morgen.«

Mikael lagde røret på: »Satan til penneslikkere. Hvad fanden ville de gøre hvis vi var i krig?«

Mikael rejste sig for at gå over til Eskesen i hangaren. På vejen stak han hovedet ind i OP for at meddele, at han var ovre på værkstedet.

Eskesen stod med hovedet nede i en gearkasse. Mikael fortalte at fabrikken i Canada ikke kunne love at levere reservedelene før på mandag, så der var desværre ikke andet at gøre end at vente indtil da.

»Jeg vil foreslå, at De ringer ned til Hovedlageret allerede fra morgenstunden på mandag, så vi kan få de dele hurtigst muligt.«

Derefter talte de lidt om det forestående omskolingskursus som Eskesen skulle på i Sverrig.

»Jeg kan altså ikke forstå hvorfor jeg skal sendes til Sverige.« Sagde Eskesen, »vi har jo et hovedværksted her på Flyvestationen. Hvorfor kan jeg ikke få mon omskoling der. Jeg mener, jeg skal da for pokker ikke lære at kunne foretage en hovedreparation på Draken, men bare lave vedligeholdelses reparationer i mindre skala.«

»Ja det har De minsanten ret i. Jeg skal prøve at tale med skoleofficeren om sagen. Det ville, trods alt, være mere praktisk, hvis De kunne forblive her på stationen. Den sag vil jeg omgående følge op på, Eskesen.«

»Jeg ville sætte pris på, hvis oberstløjtnanten ville sørge for, at jeg kunne blive her på Stationen. Jeg forstår i øvrigt svensk så dårligt.«

Mikael gik hjem på kontoret hvor han havde en samtale med skoleofficeren. Denne kunne godt se det praktiske i at Eskesen forblev på flyvestationen, og hovedværkstedet burde vel nok kunne tage ansvaret for en almindelig mekanikeromskoling.

Han lovede at udvirke de nødvendige ændringer og ville når tingene var i orden selv sørge for at Eskesen fik besked. Han ville selvfølgelig også sørge for en meddelelse til Enheden. Mikael takkede for hans beredvillighed.

* * *

På udsigtsterrassen i Chivres Lufthavn stod Jaenette sammen med Sylvie og ventede på, at Mikaels lille fly skulle dukke op.

Solen skinnede fra en skyfri himmel ud over flyvefeldtet, men endnu var det lille skinnende aluminiumsblanke fly ikke dukket op over horisonten.

Sylvie spurgte sin moder: »Mor, hvem er det egentligt, at vi skal hente i dag?«

»Kan du huske flyverofficeren, som jeg for nogen tid siden havde med hjem til middag ? Ham er det, Mikael, som vi skal hente i dag. Han kommer for at tilbringe weekenden sammen med os.«

»Mor, hvorfor kommer han igen for at være sammen med os?«

»Jo, ser du. Mor er blevet meget begejstret for at være sammen med ham. Vi har været sammen ved et par lejligheder, hvor Du var nede hos mormor og morfar i Lyon. Jeg er kommet til at holde meget af ham. Derfor kommer han her i dag.

Har jeg for resten fortalt dig, at han i mellemtiden har frelst vores øverste chef, general Schultz, fra at styrte ned i et fly i Danmark. For den bedrift er han blevet udnævnt til flyverhelt i den ganske verden. Han har bl.a. modtaget en meget sjælden orden, the Silverstar, fra den amerikanske præsident. Det kan godt være at han ikke vil tale særligt meget om den situation, for han er i virkeligheden en meget genert og beskeden person. Så du må ikke blive skuffet hvis han lidt kort, afviser dig hvis han bliver spurgt.«

Ude mod nord lød nu en støj fra et militært jetfly og snart efter fik de øje på det ude i indflyvningen til banen.

»Der er han jo!« udbrød Jeanette og nu kunne de tydeligt se et lille sølvskinnende fly komme ind til landing.

»Er det virkeligt sådant et lille fly han kommer i?« spurgte Sylvie.

»Ja, »svarede Jaenette. De militære jagerpiloter flyver altid i så små fly. Jagerfly er simpelthen ikke større.«

De overværede, at Mikael landede og kørte flyet over til den militære afdeling af lufthavnen for at parkere.

»Nu må vi vist hellere gå ned til havnekontoret. Han kommer ud derfra.« Sagde Jeanette

En halv times tid senere kom Mikael ud af døren. Han hilste overstrømmende på Sylvie og havde en stor dukke med til hende.

»Jeg håber at du kan lide den. Det var den eneste jeg kunne finde i Herning!«

Derefter tog han Jeanette i sine arme, trykkede hende ind til sig mens han kyssede hende og sagde :

»Jeg havde helt glemt, at du var så dejlig.«

»Så skulle du ikke have ladet mig være alene, så længe.«

Kom, sagde hun, lad os gå ned til bilen. Jeg har mad over derhjemme.«

Sylvie nynnede fornøjet til sin nye dukke, medens de gik ud af glasdørene og ned på parkeringspladsen.

Hjemme i huset hos Jaenette nød de en herlig middag. Bagefter kiggede de lidt på belgisk fjernsyn. Jeanette foreslog, at de den følgende dag tog ind til Bruxelles for at besøge fiskemarkedet samt de pragtfulde gamle bygninger i kvarteret omkring »LE GRANDE PLACE« og derefter fandt en hyggelig fiskerestaurant, hvor de kunne få serveret nogle af de spændende fisk, som de havde set på markedet.

Senere fandt de en biograf hvor man spillede en af Walt

Disneyes tegnefilm til stor begejstring for Sylvie. Først sent på aftenen kom de hjem til huset, så allerede under aftenkaffen blev Sylvie overfaldet af søvnighed og bad om at kunne gå i seng.

Næste morgen tidligt straks efter morgenkaffen bad Mikael om at blive kørt til Lufthavnen, så han kunne nå at komme til København allerede tidligt på formiddagen.

Kort efter var han i flyet, på vej til Værløse. På radioen kaldte han op til Ebbe i OP og bad ham om at ringe til Bente for at få hende til at hente ham på flyvestationen kl 11.00.

* * *

3.

Mandag morgen kørte Mikael og Ebbe over for at melde sig til omskolingskursus til T35 Draken hos Eskadrille 725. Begge var i højt humør. Endelig skulle de tage fat på at lære det nye svenske fly at kende. For dem syntes det som at skifte fra stenalderen til vor tid, idet T35 i ny teknik repræsenterede et nærmest ufatteligt spring fremad. Da de kom ind på eskadrillekontoret, blev de mødt af deres instruktør premiereløjtnant Jensen,som stod derinde og ventede på dem. Også eskadrillechefen major O.L.Nielsen var tilstede og hilste dem med :

»Velkommen til ESK 725. Det er en fornøjelse at hilse på de to kommandører fra den »mystiske »NATO-enhed ovre på den anden side. Vi har jo med slet skjult misundelse bemærket, at Man derovre flyver med en langt højere frekvens end vi kan. Det må da være herligt som piloterne i din Enhed skovler flyvetimer til sig.«

Tak skal du have. Ja, det er nok rigtigt, at vi i NATO's regi får samlet en masse flyvetimer sammen. Vi har jo også et stort område, nemlig hele Europa at skulle dække. NATO har da også stillet de nødvendige midler til vor rådighed samtidig med at man derfra forlanger at vi til fulde lever op til de krav om effektivitet man fra Stabens side stiller til os.«

»Nå, vi kan vel ikke snakke os fra det, De herrer er vel utålmodige for at komme igang med omskolingsprogrammet, så jeg vil overlade Jer i hænderne på vor dygtige instruktør, Prlt. Jensen som nok skal holde jer beskæftiget i den nærmeste fremtid.«

Jensen sagde derefter: »Velkommen til, som nævnt hedder jeg Svend Jensen også kalder JEN. Skal vi med det samme gå over i teorilokalet og tage fat.«

Mens de sammen gik over til teorikalet fortsatte JEN:

»Vi har planlagt kursus således, at I de første 6 dage tilegner jer alt vedrørende Drakens tekniske opbygning samt dens bevæbning. Når vi har været alle detaljer igennem, regner jeg med at vi tager fat på den egentlige flyvning i næste uge. Jeg går ud fra at begge, d'herrer kan være tilstede under hele teorikursus. Flyvningen kan vi planlægge således, at De på skift er tilbage i Deres Enhed. Det kan der formentligt godt være brug for efter at De begge har været herovre en hel uge.«

»Ja, »sagde Mikael, »Vi har naturligvis ladet det næste kommandoled i kæden overtage tøjlerne. Det skal såmænd nok gå alt sammen. Hvad siger Du Ebbe?«

»Ja, selvfølgeiigt. Det volder næppe problemer. Endeligt kommer vi da tilbage hver aften.«

»Ok, lad os så gå i gang. Først vil jeg gennemgå flyets hoveddata. Siden vil vi fordybe os i de tekniske detaljer. Inden I kommer til at flyve Draken, skal I kende flyets teknik helt ned i den mindste detalje.

Den udgave, som vil have Jeres interesse, er den tosædede version, som hedder TF35,der betegnes som en overgangstræner med begrænset bevæbning. Som sagt er flyet bygget i Sverrige hos SAAB, Svenska Aeroplan Aktie Bolaget. Det er forsynet med en svensk licensbygget motor RM6 fra Rolls Royce Avon med SFA efterbrænder. RMC6 yder 7760 kgs tryk.

Spændvidden er 9,4 m, længden 15,4 m. Højden er 3,9 m, vingearealet 49,2 m²

Vægten er tom 8250 kg ; max lastet 16000 kg.

Da I kun flyver med begrænset våbenlast og hovedsagelig slæber alt det brændstof med Jer i de to udvendige droptanke som I kan, vil vægten aldrig blive et problem for Jer.

Ydelse: Max hastighed (uden droptanke) 2125 km/t (Mach 2,0). Med to droptanke (opfyldt) og sidewinder missiler 1490 km/t (mach 1,4) Stigeevne (uden ophæng) 10500/min.

Tjenestehøjde 60000 fod

Rækkevidde (uden våbenlast, men med droptanke) 3250 km. Bevæbning 2 stk sidewinder raketter, flyet udstyres med laserafstandmålere samt ekstra navigationssystemer modificeret til »starnavigation«. Er der nogen spørgsmål?«

»Så vidt jeg er underrettet« sagde Mikael, »anskaffer NATO sig to TF35 som også udstyres med kameraer således at vi, i givne situationer, kan vende tilbage med dokumentation af hvad vi nu måtte komme ud for. Som Du måske har hørt, har jeg allerede mødt en Turbolev 95 ude over Kattegat. Desværre havde jeg ikke fotoudstyr ombord så vi kunne ikke fremlægge utvetydige beviser på mødet og russerne benægtede selvfølgelig også at have været der. Desværre for Dem forelå der optagelser af radarerne både fra Danmark, Sverrige og NATO's overvågningscentral.«

»Godt,« sagde JEN, »så tager vi også dette med i vores program.

Efter at de havde gennemgået og repeteret hovedoversigten på flyet, gav de sig i kast med at studere de enkelte systemer et ad gangen. De sled og stred. Repeterede og aflagde delprøver. Af og til var de også ude i hangaren for at følge systemerne i virkeligheden. Sidst på ugen fremlagde JEN papirer med spørgsmål i hele stoffet, til den endelige eksamen, men da JEN's gennemgang, i den forløbne uge,havde været særdeles grundig og da de to aspiranter begge var erfarne piloter med stor indsigt i flysystemer generelt, voldte heller ikke den endelige prøve dem særlige problemer.

»Jamen det klarede d`herrer jo med bravour. Der skulle således ikke være noget i vejen for at vi kan begynde flyvningen i næste uge. Første dag vil vi imidlertid tage en tur i simulatoren, som vi har stående i operationsafdelingen nede ved tårnet.

Jeg vil ønske Dem en rigtig god weekend. Vi ses dernede på mandag kl 1130.«

* * *

Mandag nat var vejret undergået en forandring. Vinden var drejet om til øst og den kolde luft fra Rusland fik temperaturen til at falde drastisk. Resten af søndagens vandpytter, efterladenskaber fra weekendens regnbyger, frøs til is. Mikael bemærkede allerede, da han om morgenen kørte fra messen til Enheden, at man skulle tage sig i agt for de tilisede småsøer. Jeepén fik meget let en tilbøjelighed til at komme ud af kontrol hver gang, han mødte det glatte underlag. Med moderat hastighed kom han dog helskindet frem til sit kontor.

Eskesen ringede og berettede, at Hovedlageret stadig ikke havde fået de manglende reservedele fra fabrikken.

»Ok,« svarede Mikael. »når jeg har været ude i simulatoren til Draken her sidst på formiddagen, skal jeg nok køre ned til løjtnant Halgreen på lageret og tale med ham. Nu må vi se at få en løsning på problemet. Det kan i hvert fald ikke blive med at gå på denne måde.«

Oversergent Ingversen gik ned til rekrutskolens garagemester for at rekvirere en let lastvogn.

Han havde fået til opgave at transportere 8 rekrutter til ekstra træning hos Fændrik Kranker i Flyvestationens gymnastiksal. Garagemesteren var ikke særligt begejstret for at låne en vogn ud til Ingversen, som var kendt for at være en dårlig chauffør. Oversergenten stillede imidlertid med en rekvisition så garagemesteren havde ingen mulighed for at nægte Ingversen vognen. Samtidig med at han fandt lastvognenes kørebog frem sagde han :

»Husk nu på at det har været nattefrost. Visse steder kan du risikere at der har dannet sig is på vandpytterne. Derfor må du under ingen omstændigheder slå firehjulstrækket til. Hvis du kommer på glat is, mister du bare herredømmet over vognen!«

»Ja, ja,« mumlede Ingversen mavesurt. »Jeg gider sgu ikke høre på dit selvglade præk. Man sku fanneme tro at du var verdensmester!« Med de ord gik han ud for at starte Dodge Truck én som stod parkeret i rækken ved hegnet.

* * *

Efter aftale skulle Ebbe Madsen i simulatoren først, så Mikael forblev hjemme på sit kontor. Han tænkte en del over sagen med Hovedlageret og den manglende levering af reservedele. Nu havde Enheden 3 fly stående på jorden. Hvordan pokker skulle han få løjtnant Halgreen til at reagere ? Nej, det kan sgu ikke hjælpe noget Det kan ikke blive ved med at gå på den måde. Mikael blev mere og mere rasende på Halgreen som i den grad havde vist sig at være inkompetent. Det blev stadigt mere tydeligt for Mikael,

At Halgreen, som utvivlsomt havde været en udmærket leder af et mindre lager ikke magtede at styre det store hovedlager med ansvar for tusinder af vigtige reservedelsnumre. Ledelsen af så stor en institution krævede evner og indsigt, som han ikke besad. Løjtnant Halgreen var simpelthen blevet forfremmet én gang for meget og magtede derfor ikke at bestride det job, han var blevet sat på.

Mikael gik ud til sin Jeep for at køre ned til Hovedlageret for at få sat sving i Løjtnant Halgreen.

Mikaels besøg på Hovedlageret udviklede sig efterhånden til et kæmpe skænderi hvor Mikael, idet han gik ud af døren sagde: »Jeg finder mig simpelthen ikke længere i Deres inkompetence. Nu klager jeg i første omgang over Dem til Stationschefen, og hvis det ikke giver resultat, går min klage videre til min chef i NATO som helt sikkert vil gå i kødet på chef Flyvevåben. Jeg har en bestemt fornemmelse af, at De godt kan begynde at rydde Deres skrivebord!«

Døren smækkede i bag Mikael. Vredt gik han ud til sin Jeep for at køre ned til stationschefens kontor. Lidt for hurtigt drejede

han ud på perimetervejen, men kom så i tanke om at der var is
på pytterne, hvorfor han satte hastigheden betydeligt ned.

Medens han tænkte over, hvordan han bedst kunne formu-
lere sin klage over Hoveddepotets langsommelighed, nærmede
han sig det sidste store sving inden at vejen rettede sig ud,
før man kom ned til parkeringsarealet foran bygningerne med
Flyvestationens administrationkontorer.

Idet Mikael kørte ind i svinget satte han hastigheden yder-
ligere ned. Pludseligt kom en lille lastvogn ind i svinget fra
den modsatte side. Da der var en stor plet glat is i lastvognens
kørebane og denne kom ind i svinget med alt for høj fart var
resultatet, at den kom i skred og gled ude af kontrol over mod
Mikaels Jeep. Mikael trak så langt ud i vejens højre side som
muligt, men lastvognen, som var begyndt at dreje om sin egen
længdeakse, ramte Mikael i venstre side med sin bagende.
Sammenstødet skete med så stor kraft, at Jeep'en blev slynget
ud i grøften og halvt op ad den bagved liggende skråning.
Ved mødet med skråningen gik farten helt af Jeep én, og den
væltede om på sin venstre side med det højre hjulsæt op i luf-
ten, og lagde sig til rette i denne stilling. Jeep'ens venstre dør
var, under den kraftige vridning, som vognen blev udsat for,
sprunget op. Samtidig var Mikaels venstre ben smuttet ud af
vognen og kom derfor i klemme mellem vogn og grøftekant,
da denne lagde sig tungt til rette.

En voldsom smerte jog op igennem benet. Mikael kunne
ikke trække benet fri af Jeep'en. Det sad urokkeligt fast som i
en enorm skruestik.

Han kunne ikke få øje på lastvognen, som ved sammenstødet
var blevet slynget tilbage og ind på marken i vejens modsatte side
bagved Mikaels Jeep. Da han sad klemt fast og ikke kunne dreje
sig, kunne han ikke se, hvad der var foregået bagved ham.

Chokeret af den voldsomme hændelse og smerten i det venstre
ben, kunne Mikaels hjerne ikke i øjeblikket foretage en normal

bedømmelse af **nøjagtigt**, hvad der var sket. Sekundet efter begyndte den imidlertid atter at fungere normalt og han kom i tanke om sin radio, som sad installeret i Jeep'ens instrumentbræt foran ham. Mærkværdigvis sad mikrofonen stadig i sin holder foran ham. Mikael rakte ud efter den, trykkede på sendetasten og kaldte: »OP, her er chefen – OP, her er chefen, Kom ind!«

Det knitrede i radioen og Premiereløjtnant Sørensen, som havde vagten i OP svarede :

»Ja chef, Sørensen her!«

»Det er Lassen – Jeg er blevet påkørt nede på perimetervejens sidste store sving nær ved stationschefens kontor. Jeg sidder fastklemt i bilen. Send straks bud efter stationspolitiet og send to ambulancer herud. Det haster!«

»OP her – jeg rekvirerer omgående politi og ambulancer til ulykkesstedet. Hvad med den anden vogn, er der tilskadekomne der?«

»Lassen her, jeg ved det ikke – jeg kan ikke se den her fra og sidder som sagt fastklemt,så jeg ikke kan vende mig!«

»OP her, jeg rekvirerer omgående hjælp – over and out!«

Redningsstationen lå tæt ved ulykkesstedet, og kort efter hørte Mikael ambulancernes sirener. Få minuter nåede de frem. Redningsfolkene fra den første ambulance løb straks hen til Mikael og spurgte, hvordan han havde det.

Mikael svarede, at hans venstre ben sad i klemme under vognen, og at han ikke kunne komme løs.

Redningsfolkene tog et overblik over situationen. Den ene af dem råbte: »Kom her hen Svend – Vi skubber Jeep én op på hjulene så oberstløjtnanten kan komme fri!«

Kort efter havde de fået benet ud af klemmen og de kunne forsigtigt trække Mikael fri af vognen.

»Tror De, at De har brækket benet?«

»Jeg ved det ikke, men vær forsigtig – det er helvedes ømt!«

De to reddere undersøgte forsigtigt benet.

»Jeg tror sgu at De har været heldig – det ser ikke ud til at være brækket. Vi må hellere se at få Dem ud på Infirmeriet i en fart.«

Mikael spurgte: »Hvordan er det gået med den anden bil?«

»Så vidt jeg kan se, er den væltet om på ryggen, men tilsyneladende er ingen kommet til skade. Den anden ambulance er ved at have styr på sagerne derovre!«

I det samme ankom flyvestationspolitiet. Den samme løjtnant som havde anholdt Werner Borsch, kom hen til båren, som Mikael lå på.

»Jamen det er jo oberstløjtnanten – hvad er der sket?«

Redderen som stod ved siden af sagde: »Løjtnant, patienten er kommet alvorligt til skade med sit ben. Det er vigtigt at vi hurtigst muligt får ham ud til lægen på Imfirmeriet!«

»Kan vi ikke få et kort beskrivelse af hvad der sket ? »Spurgte løjtnanten og så på Mikael.

»Ok, De får en kort version af ulykken: Jeg kom kørende med en hastighed på 40 – 50 km/t, idet jeg vidste at vejen pletvis kunne være isglat. Jeg var på vej fra hoveddepotet til chefen for flyvestationen. Idet jeg nåede frem til svinget her, kom der fra den modsatte retning en let lastvogn, som kørte med ret høj hastighed. Han må have ramt en overiset plet, for vognen kom ud af kontrol og gled sidelæns hen imod mig. Jeg veg ud til højre, så langt at jeg kunne, men trods det ramte han mig med bagenden af lastvognen med så stor kraft, at jeg blev slynget tværsover grøften og op på volden, som De kan se .«

»Altså nu må vi se at komme af sted med patienten, hr løjtnant!«

»Ok redder, kør De blot med patienten.« Og til Mikael: »Tak for Deres udredning hr oberstløjtnant. Nu har jeg i det mindste et grundlag til at begynde efterforskningen på.«

Ude på Infirmeriet stod lægen klar til at tage Mikael i behandling.

»Lad os lige tage et overblik over benet. Det ser ud til at være slemt læderet.« Forsigtigt klippede han buksebenet op med en saks.

»Det ser ud til, at det har været i en ordentlig klemme. Jeg må lige undersøge,om noget synes at være brækket. Det kommer nok til at gøre lidt ondt. Jeg skal nok gøre det forsigtigt. Efter at have undersøgt om knæet kunne bøjes samt tjekket ankel og fod sagde han: »Nu skal De nok få fred. Det ser heldigvis ikke ud til at noget er brækket. Desværre har vi ikke her noget røntgen udstyr, men må have Dem over På Rigshospitalets ortopædiske afdeling. Jeg ringer derover og taler med dem, når vi er færdige. Lige nu giver jeg dem en smertestillende indsprøjtning, men lader i øvrigt benet i ro, indtil at jeg har talt med specialisten i København. »Lægen kom lige i tanke om noget.

»Jeg bliver nødt til at tage en blodprøve. Det skal vi altid når der er tale om et færdselsuheld. Har De drukket spiritus for nyligt?«

»Nej,« svarede Mikael jeg har ikke rørt sprut i den sidste måned.«

»Fint »svarede lægen. »Så er der ingen ko på isen, i den henseende.«

»Kan jeg få en telefon her ind. Jeg har en del aktiviteter, som jeg bliver nødt til at få aflyst.«

Kort efter kom sygepasseren ind med telefonen, og Mikael fik ringet til Esk 725 og meldt afbud til de planlagte aktiviteter. Derefter ringede han til Sørensen i OP og meddelte ham om sit nye opholdssted.

»Giv major Madsen besked snarest muligt.«

Lægen kom ind af døren. »Jeg har talt med overlægen på ortopædisk afdeling på Rigshospitalet. Man vil gerne have Dem derover snarest muligt Man sender en helikopter over for at hente Dem i morgen formiddag .Indtil da bliver De her.«

»Det kan vist ikke blive anderledes, jeg tror i øvrigt heller ikke, at jeg kan støtte på benet. Jeg har dog ikke prøvet, men det er nok for ømt endnu. Jeg bliver nok nødt til at ringe til min kone og give besked om uheldet.«

»Ja, det er ok. Læg De Dem nu bare tilbage og hvil benet. Jeg vil tro at MP'erne kommer om en times tid for at afhøre Dem yderligere.

Mikael tænkte lige over om Bente kunne være hjemme nu. Det er jo mandag, så skal hun ikke på arbejde. Han ringede op. Efter at have fortalt om sin deltagelse i færdselsuheldet, brugte han et kvarter til at berolige hende og med at overbevise hende, at han ikke var kommet alvorligt til skade.

»Jeg kommer for øvrigt til København i morgen formiddag. En helikopter flyver mig over til Rigshospitalet hvor ortopæderne gerne vil se på mit klemte ben. Jeg vil tro, at der bliver tale om sygeorlov. Jeg ringer til Dig fra hospitalet i morgen. Hej så længe!«

Mikael lagde sig tilbage på sengen for at døse lidt hen. En times tid senere bankede det på døren. Det var løjtnanten fra militærpolitiet.

»Hvordan går det med benet hr oberstløjtnant?«

»Jeg tror ikke, at det er så slemt, som det først så ud til. Lad mig nu høre, hvad det er blevet til med Deres undersøgelse.«

»Vi har fået DODGE Trucken op på højkant igen, så den ved egen kraft kunne køre tilbage til rekrutskolen. Rekrutterne var faldet af vognen, inden den væltede og oversergenten havde blot fået nogle knubs, da den endte med bunden i vejret. Heldigvis kom ingen til skade ved ulykken.

Jeg har fået målt sporene s glidebane op. Det viser sig, at klovnen har kørt alt for stærkt. For ham er det meget heldigt at ingen af rekrutterne er kommet noget til. Desværre for ham viste blodprøven, at han havde spiritus i blodet. Lægen har målt det til en promille på 1,7. Det betyder, at hans sag skal prøves for auditøren. Han får sikkert et par måneder i spjældet Jeg skal derfor spørge Dem: Ønsker De at anmelde ham for groft uforsvarlig kørsel?«

»Nej jeg tror at han vist så rigeligt får sin sag for alene med den promille. Jeg slap jo, trods alt, med skrækken.«

»Det er storsindet af Dem. De havde jo absolut ingen skyld i ulykken. Oversergenten kan formentligt se frem til efter sin fængselsstraf at ryge ud af Flyvevåbnet. Efter dette vil man næppe forlænge hans kontrakt.«

»Tak for Deres rapport, løjtnant, jeg er glad for at være blevet underrettet. Jeg skal i øvrigt overføres til Rigshospitalet i morgen. Specialisterne vil gerne se på mit ben, så Flyvevåbnet ikke bliver præsenteret for et erstatningskrav fra min side.«

* * *

4.

Inde på Kastellet blev Erik Berg endnu en gang ført hen til forhørslokalet. Da Christensen tæt fulgt af Sørensen kom ind i værelset, udbrød Berg :

»Hvorfor pokker bliver jeg ført her hen til afhøring igen ? Jeg synes, at De sagde, at man var færdig med at afhøre mig!«

»Der er lige et par ting omkring fangeflugten fra Rigshospitalet vi skal have på det rene.«

»Nå ! Så lad os se at få det overstået.«

»Det skal vi nok bestemme.« Brummede Christensen. »Men nu til sagen på Rigshospitalet. I hvilket omfang havde De med sagen at gøre?«

»Praktisk taget intet. Min indsats indskrænkede sig til, at jeg så snart at jeg havde fået opklaret, at De, uden resultat havde afhørt fangen derinde, ringede til min kontrolofficer på DDR's ambassade og gav ham besked om udfaldet af Deres anstrengelser.«

»Havde De slet intet med planlægningen og udførelsen af selve flugten at gøre?«

»Nej, så vidt jeg bagefter hørte, blev operationen alene overtaget af KGB folkene fra den russiske ambassade.«

»Hmm…« brummede Christensen. »Tja, når det er tilfældet, tror jeg at vi har tilstrækkeligt til at gennemføre en retssag mod Dem. Jeg skal oplyse Dem om, at sagen blive behandlet af en militærdomstol af hensyn til dens hemmelige karakter. Dog har vi indforskrevet en højesteretsdommer der vil fungere som retsformand. De vil blive underrettet om, hvornår det passer ind i Auditørens planer at påbegynde retssagen. Men der går nok en måned eller halvanden, før vi når så vidt.«

* * *

84

På Rigshospitalets Ortopædiske afdeling sad overlæge Kristoffersen overfor Mikael og kiggede på nogle røntgenoptagelser.

»Det ser ud til at De har været overordentlig heldig. Der er ingen brud på Deres knogler kun en kraftig forvridning. Det betyder at vi må beholde Dem her på afdelingen, hvor De bliver nødt til at holde sengen i 3 til 4 dage. Deres ben er meget ømt og i den første tid vil De overhovedet ikke kunne støtte på det.«

»Kommer jeg til at gå normalt, efter at benet er helet igen?«

»Ja, det skal De nok komme til. For at holde benet stabilt i den første tid, når De begynder at støtte på det igen, kan jeg konstruere en støtteskinne som tager en stor del af belastningen fra benet. Skinnen vil blive fastgjort med nogle remme omkring deres hofte. Det betyder selvfølgeligt at De kommer til at halte lidt, så længe skinnen sidder på Dem, men jeg er helt sikker på, at det højst vil vare en fjorten dages tid, inden vi kan befri Dem for den igen. Derefter skulle Deres ben igen kunne fungere helt normalt.«

»Betyder det, at jeg derefter igen kan flyve? Som De måske ved, er jeg pilot i Flyvevåbnet!«

»Intet er naturligvis sikkert, men jeg er overbevist om, at De vil kunne genoptage Deres sædvanlige job, så snart at skinnen er blevet fjernet. Nå, ,men nu skal De i seng for at hvile benet. Jeg hjælper Dem lige derhen.«

Efter at være kommet til sengs spurgte Mikael: »Må jeg bede om en ting ? Vil det være muligt for sygeplejersken at ringe til min kone og fortælle hende hvor på hospitalet jeg ligger?«

»Selvfølgelig, det klarer vi straks, kan jeg lige få Deres telefonnummer?«

Efter at overlægen var gået, kom en sygeplejerske ind på værelset. Med sig på et rullebord havde hun en telefon. Smilende sagde hun »Jeg har ringet til fruen, men der er telefon fra NATO i Bruxelles. De må være en vigtig person, siden man ikke kan lade Dem være i fred.«

»Tak.« sagde Mikael. Det var Jackson, som ringede for at
få en melding om, hvordan det gik . Mikael fortalte om sin
undersøgelse og efterfølgende samtale med overlægen. Han
ville helt bestemt være tilbage på sin post om en månedstid.
Så god som ny !

»Åh, det trøster mig. Så skal det nok gå, major Madsen kan
jo heldigvis køre butikken, indtil du kommer tilbage.«

Ved 19 tiden kom Bente på besøg. Hun virkede bekymret,
men Mikael forsikrede hende om, at benet ikke var kommet
alvorligt til skade. Han slog dynen til side og fremviste et blegt,
men uskadt venstre ben ; »Her kan du selv se. Det fejler intet.
Overlægen han hedder i øvrigt Kristoffersen har ladet benet
røntgenfotografere og dermed konstateret, at der intet brud er.
Han sagde, at benet skal have ro i et par dage. Derefter vil han
konstruere et slags støttestativ, som skal tage vægten af benet i
begyndelsen, når jeg går på det. Endnu kan jeg imidlertid ikke
støtte på det. Det kom jo i klemme under Jeepén, så det har nok
fået en ordentlig trykseksten. Efter hvad Kristoffersen siger, har
jeg været meget heldig at det ikke er gået værre.«

»Hvad så, kommer du til at gå normalt igen?«

»Ja, når der er gået en tid, vil benet atter blive som nyt, men
der går nok en lille måneds tid, inden det er helt i orden igen.
Heldigvis kommer jeg til at flyve igen.«

»Kommer du så hjem på sygeorlov – snart?«

Overlægen siger at jeg formentligt kommer hjem om en tre
– fire dage. Jeg glæder mig til at se, hvad Kristoffersen finder
ud af med det her støttestativ. Forhåbentligt bliver det ikke
alt for klodset at gå rundt med. Det skal kunne spændes fast
til hoften med remme og kunne tages af om aftenen, når jeg
skal i seng.«

»Nå, det er da godt. Nu bliver jeg helt beroliget igen. Når
man ikke ved noget, er man tilbøjelig til at forestille sig det

86

værste. Gudskelov, at du slap så heldigt. Hvad var det i øvrigt for en fyr, som kørte ind i Dig?«

»Det var en oversergent fra Rekrutskolen. Han havde været oppe i gymnastiksalen for at hente nogle rekrutter, som havde været til noget ekstra træning. Politiløjtnanten fortalte mig, efter sin undersøgelse af ulykkesstedet, at oversergenten var blevet konstateret beruset. Han havde en promille på 1,7. Jeg måtte også afgive en blodprøve, det er almindeligt ved færdselsulykker inde på Flyvestationen, men jeg har ikke rørt spiritus i den sidste måned eller så. Min promille var 0. MP érne konstaterede efter opmåling af bremsesporene, at han havde kørt alt for hurtigt i svinget, da han påkørte mig. Jeg er blevet totalt frikendt.«

»Hvad sker der så med ham?«

»Efter hvad politiløjtnanten fortalte mig, skulle hans sag undersøges af Auditøren. Med den promille vil han sandsynligvis blive afskediget fra Flyvevåbnet. Han er noget af en klovn, man fortæller mig, at han har søgt ind på Fændrikskolen. Han havde altså planer om at fortsætte inden for værnet. Det bliver formentligt ikke til noget nu. Jeg blev spurgt, om jeg ville indgive anklage mod manden eventuelt søge erstatning, men jeg syntes, at han ved sine egne handlinger var komme tilstrækkeligt i uføre, så jeg afstod.«

»Det var godt, at du gjorde det. Manden bliver vist straffet tilstrækkeligt, sådan som sagerne står allerede.«

»Hvordan går det med ungerne. Er der noget nyt på den front?«

»Nej, alt går helt som normalt. De ville for øvrigt have været med herind, men jeg sagde at det måtte vente lidt endnu. Jeg blev i eftermiddags ringet op af en oberstløjtnant Christensen.«

»Nå, ham fra FE. Hvad ville han?«

»Det var vist noget med, at de vil have dig til at vidne for anklageren i en sag som blev rejst mod en Erik Berg. Var det ikke ham, som var med som medhjælper i Esbjerg?«

»Jo, det er ham. Man har fundet ud af at han har bedraget efterretningstjenesten. Han var en såkaldt »mulvarp«. Det var i øvrigt mig, som gav anledning til, at han blev afsløret.«

Bente trak en seddel op af lommen og gav den til Mikael.

»Jeg fik et telefonnummer. Han bad dig om at ringe i morgen, hvis du kunne. Men det kan du jo. Jeg ser, at du allerede har fået en telefon på værelset.«

»Ja, det fik jeg, fordi Jackson ringede fra NATO for at høre nyt. Vi blev enige om, at major Madsen sagtens kunne klare at lede enheden, indtil at jeg kommer tilbage.«

»Det var godt at se dig velbeholden og uden væsentlige skader. Jeg glæder mig til at få dig hjem igen, men nu må jeg vist hellere se at komme hjem til ungerne igen.« Hun bøjede sig ned over ham og gav ham et stort kys.

»Jeg kigger ind igen i morgen aften. Vi ses.---

Efter at hun var gået kiggede sygeplejersken ind og spurgte, om han havde smerter. For så ville hun sørge for nogle piller til ham. Mikael sagde smilende, at hen slet ikke kunne mærke noget ubehag i benet. Han måtte have pillerne til gode. Hun bød ham godnat.

* * *

Da sygeplejersken var forsvundet ned på vagtstuen,kom Mikael i tanke, om at han slet ikke havde fået ringet til Jeanette og fortalt hende om uheldet. Det måtte han hellere få gjort straks.

Telefonen blev omgående taget i Belgien.

»Hej, det er Mikael. Du må undskylde at jeg ringer så sent. Jeg har imidlertid været ude for et færdselsuheld og er nu indlagt, på Rigshospitalets ortopædiske afdeling i København.

»Det var dog skrækkeligt. Er du kommet alvorligt til skade?«

»Nej, det er såmænd ikke så slemt. Jeg blev påkørt af en lastbil på Flyvetstationen, min Jeep væltede og jeg fik mit venstre ben i klemme under bilen. Fordi Rigshospitalet har de bedste specialister syntes man at jeg skulle herind for at blive behandlet. Det hele er ikke så slemt. Der er ikke brækket noget og efter nogen genoptræning skulle jeg atter blive som ny.«

»Det er jeg glad for at høre. Først da du fortalte, at du var blevet kørt ned, blev jeg helt chockeret. Hvornår bliver Du så rask igen?«

»Så vidt jeg er underrettet, går der en lille måneds tid før de slipper mig løs igen.«

»Det var da godt. Når du bliver flyvende igen, må Du komme her ned i en hel weekend. Jeg trænger sådan til at hygge mig sammen med dig.«

»Ja, men selvfølgelig kommer jeg ned til dig, så snart det bliver muligt. Jeg tror, at vi bliver nødt til at slutte nu. Jeg ringer fra hospitalets telefon, og de vil nok undre sig over, at jeg fører lange samtaler med udlandet. Det er jo dyrt at ringe her fra Danmark.

Nu er Du ført »up to date« vedrørende situationen. Jeg ringer igen, så snart det er muligt. Hav det godt, min ven!«

»Ja, tak fordi at Du ringede. Vi høres ved snart igen. Godnat og sov godt.«

* * *

Den følgende morgen kom overlægen ind for at tage nogle mål af Mikaels hofte og lår samt benlængden.

»Jeg skal bruge målene til at konstruere det støttestativ, som vi kan spænde på det dårlige ben. Det skulle kunne få Dig op at gå længe, før det ellers ville være muligt.« Sagde Kristoffersen. »Jeg skulle kunne have det klart om et par dage. Om en halv times tid kommer fysioterapeuten i øvrigt og masserer dit ben, så vi kan få lidt gang i blodomløbet igen. Det skal helst være i orden, før du kan få stativet på og prøver at komme op og gå. Nå, jeg har fået mine mål, så jeg stikker ned på værkstedet igen!«

Kort efter kom en ung mand iført hvid kittel ind og præsenterede sig som fysioterapeut: »Jeg hedder Bjarne og skal kigge på dit venstre ben.« Mikael slog dynen til side, idet han sagde :

»Værs 'go, her har du hele herligheden!«

»Tak, det ser noget blegt ud, jeg giver dig lidt massage, så vi kan få blodomløbet i gang. Har Du haft det i klemme?«

»Ja, det kom i klemme under en Jeep, som væltede efter at være blevet påkørt.«

»Nå da da, jeg kan godt se, at det har fået en ordentlig en på sinkadusen. Det skal vi nu nok få rettet op på. Det kommer til at blive lidt ømt når blodet begynder at strømme for fuld kraft igen. Husk på at benets blodårer er blevet klemt delvis flade, og nu skal udvides til fuld størrelse igen. Det føles mest som tronen efter en forfrysning. Normalt går fornemmelsen væk igen efter en halv times tid.«

Bjarne tog fat på låret og arbejdede sig ned mod foden.

Telefonen ringede. Mikael bad om tilladelse til at tage den. Bjarne nikkede.

»Mikael her.« Svarede han.

Det er Christensen fra FE.«

»Det er ikke så belejligt netop nu. Jeg er under behandling. Kan du ikke være så rar at ringe igen om en time?«

»Det skulle ikke være nødvendigt. Jeg vil blot spørge om jeg må kigge ind til dig omkring kl 11?«

»Det er OK, kom du bare.« Mikael opgav afdeling og stue nr. og lagde telefonen på.

»Telefon på stuen!« Sagde Bjarne. »Det må jeg nok sige. Du må være en vigtig person siden hospitalet tillader det.«

90

»Jeg ved ikke, om jeg er særlig vigtig, men jeg er indblandet i en hel del sager, som jeg ikke kan slippe bare fordi at jeg ligger i en hospitalsseng!«

Bjarne tørrede olien af benet med et stykke køkkenrulle.

»Så, nu skulle der komme gang i blodomløbet. Som sagt, du kommer nok til at mærke det en halv times tid efter at jeg er gået, men så skulle det også slutte. Jeg kommer igen i morgen formiddag og giver dig en behandling mere.«

Ved 11-tiden kom oberstløjtnant Christensen på besøg.

»Det må jeg nok sige. Jeg havde ikke ventet besøg fra Din side.«

»Du ser jo helt kry ud – så kan det heldigvis ikke være så slemt med Dig. Sig mig, hvad er der egentligt sket?«

Mikael satte ham ind i situationen med færselsuheldet, hvordan han var blevet påkørt af en beruset oversergent.

»Der skete ikke så meget. Jeg har ikke brækket nogen knogler,men mit venstre ben kom i klemme da Jeepen væltede. Men det går sikkert hurtigt over jeg skulle kunne være på gaden ganske vist med krykker, om en uge eller så.«

»Den egentlige årsag til at jeg er kommet er, at vi er ved at være klar til en retssag mod Knud Berg og i den anledning vil vi, d.v.s. anklageren, indkalde dig som vidne. Vi forventer at Auditøren vil påbegynde sagsbehandlingen om ca. 1 måneds tid«

»Ja, men selvfølgelig. Jeg skal nok stille op. Vil FE kræve en vidneafhøring af mig eller går vi bare lige på?«

»Nej, vi tager nok lige en samtale med Dig så Du også ved hvilke spørgsmål Du vil komme ud for. Det kommer for Dit vedkommende til at dreje sig m opdagelsen af Bergs telefonsamtale i boxen på Amaliegade.«

»Så er det jo OK. I Kalder blot på mig, når det bliver aktuelt.«

Kort efter sagde Christensen farvel og forlod sygestuen.

Mikael tænkte lidt på sin omskoling til TF 35 som jo var blevet afbrudt så pludseligt. Gud ved hvornår han blev i stand til at kunne genoptage den træning?«

Helt uden at tænke nærmere over det, tog han telefonen og ringede til Ebbe Madsen i Karup. Efter et enkelt ring lød den kendte stemme :

»OP, det er major Madsen .«

»Dav Ebbe, det er Mikael. Hvordan går det derovre?«

»Tja, det kører såmænd uden de større problemer. Jeg skulle nok hellere spørge hvordan, det går med dig. Er du stadig på hospitalet?«

»Ja, jeg er stadig indespærret her på Rigshospitalet, men det går allerede bedre med benet. I dag har jeg fået massage af en fysioterapeut, og overlægen er gået i gang med at flikke et støttestativ sammen. Det skal spændes på mit venstre ben så jeg kan komme til at gå på det igen. Det er imidlertid kun en overgangsløsning. Jeg kommer heldigvis til at gå normalt om en månedstid eller så.

Nå, nok om mig. Hvordan går det med din omskoling til Draken?«

»Det er faktisk gået rigtigt godt. Da du blev forhindret i at fortsætte kunne instruktøren fordoble sin indsats på mig – så jeg er allerede omskolet og har fløjet mine første soloture på bæstet. Hold da kæft – det er en pragtfuld maskine. du har virkeligt noget at glæde dig til, når du bliver rask.«

»Vil det sige at du allerede er færdiguddannet på typen?« Spurgte Mikael misundeligt.

»Ja, d.v.s. jeg skal først gennemføre et par opgaver med navigationsture og udelandinger. De to ture skal gå henholdsvis til Norge og Belgien – hvis de forløber som forventet – er jeg færdigomskolet.«

»Tillykke med det, jeg er allerede begyndt at glæde mig. Så er der endnu en grund til at få det her overstået.«

»Forresten, så har jeg givet vores nye kaptajn, Jeppesen, lidt friere hænder til at kommandere det flyvende personel. Det syntes jeg var passende i dit fravær, idet jeg jo sidder her inde på PO meget af tiden.«

»Det synes jeg er OK Ebbe. Det lyder som om, at du har fået organisationen til at køre i olie – fint nok med mig!«

Der blev banket på døren.

»Nu får jeg vist besøg. Vi må hellere afbryde. Hav det godt til vi taler sammen næste gang. Hej!«

Døren gik op og politiassistent Johansen fra PET kom ind. Han overrakte Mikael en stor buket blomster.

»En beskeden »god bedring« gave. »Sagde han.

»Ih tak skal du have. Det var vel nok en overraskelse. Der må nok være noget specielt på tapetet siden du tager dig tid til at besøge en inferiør person som mig. Hvad skylder jeg æren?«

»Du har ganske ret. Der er sket noget som i højeste grad vedrører dig.«

»Sig frem, min ven, lad mig høre hvad der er sket!«

»Vi har fået en meddelelse fra vores forbindelse i Berlin. Stasi har opdaget, at du er kommet på hospitalet her i København, og at det må formodes, at du snart kommer på sygeorlov i dit hjem i Tåstrup.

Man har derfor givet KGB besked om at de godt kan sende deres rumænske morder herop for at afslutte forretningen, d.v.s. slå dig ihjel. Nu da du er ude af flyvestationen i Karup er chancerne for at han kan nå dig pludseligt blevet betydeligt større.«

»Det lyder ikke så spændende endda. Hvad kan vi gøre mod det?«

»Vi bliver nødt til at give dig en livvagt. Rigspolitiet har en afdeling for den slags folk, som er specialtrænede. Det er bl.a. dem, der passer på de kongelige.«

»Hold da helt op. Det lyder som en tegneserie. Mener I virkeligt det?«

»Ja, det ved gud vi gør. De kommunistiske mordere er fantastisk effektive. Dem er man nødt til at tage dybt alvorligt.«

»Livvagt siger du. Hvordan har du tænkt dig at det skulle fungere?«

»Som sagt tager vi kontakt med Rigspolitiet og får en livvagt stillet til rådighed. Du bliver nødt til at finde et værelse i din villa som han kan bo i. Jeg har hørt at du bor i et kæmpe hus i Tåstrup, så det skulle vel ikke være så vanskeligt. Denne livvagt skal så følge dig overalt undtaget på badeværelset. Din kone bliver nødt til at acceptere, at han bor hos jer. Kort sagt er i nærheden af dig hele dagen og om aftenen.«

»Det bliver absolut en mærkværdig oplevelse. Noget lignende har jeg aldrig været udsat for før. Hvornår skal dette her cirkus så begynde?«

Den samme dag som du bliver udskrevet her inde fra. Så længe at du er her inde skulle du være i sikkerhed. Afdelingen er aflåst og adgangen er begrænset til personalet, som er så lille at alle kender hinanden. Fremmede vil således ikke kunne snige sig ubemærket ind. Alle gæster som f. eks. mig, bliver omhyggeligt kontrolleret og anerkendt eller afvist . Selv måtte jeg opleve, at der blev ringet til min chef, som måtte bekræfte min status og lovlige tilstedeværelse her.«

»Hvordan vil I så få at vide, når jeg bliver udskrevet?«

Hospitalet har fået ordre til at vi skal have meddelelse om din udskrivelse dagen før, og at afdelingen ikke må lukke dig ud før vi er til stede og kan overvåge dig. I sådan en situation tager vi ingen chancer.

»OK, jeg bliver vel nødt til at finde mig i det, selvom jeg tror at det bliver svært både for mig og min familie.«

»Det var vist det hele i denne omgang. Jeg vil se at få kontakt med Rigspolitiet, så vi kan få stillet en livvagt til rådighed.

94

Rigtig god bedring, Du hører fra mig, så snart dette er gået i orden.«

»Tak for blomsterne. Vi høres ved!«

Da Bente om aftenen kom på besøg, havde Mikael sit mas med at forklare hende det nye tiltag fra PET med livvagten.

»Sig mig, hvad er det for en fyr, vi skal have boende?«

»Jeg ved det ikke, jeg har ikke mødt ham endnu, men Johansen fra PET har fortalt mig, at de folk som er uddannet til den slags ting er de folk, som bl.a. også passer på Kongehuset. Så det må vel være mennesker med en vis uddannelse. Mon ikke han viser at være god nok, når det kommer til stykket?«

* * *

Efter den 5. behandling af Bjarnes kapable hænder kom overlæge Kristoffersen ind på stuen med et mærkværdigt stavær under armen.

»Ja, så er tiden kommet til, at vi skal se, om mit hjælpemiddel kan få Dig ud at gå på gulvet.

Først skal jeg imidlertid kigge på benet for at se om det er klar til at arbejde igen.«

Han følte på Mikaels venstre ben, lavede nogle stræk/ bøj øvelser med det.

»Det ser jo fint ud. Tror du at du kan støtte ganske let på det? Nu skal du se. Først sætter du dig op, i sengen, svinger benene ud på gulvet. Så rejser du dig op på det højre ben. Nu skal jeg støtte Dig så Du ikke falder. Sådan – det gik jo fint. Prøv nu, ganske forsigtigt, at støtte – ganske let – på det venstre ben også!«

Mikael lagde forsigtigt lidt vægt over på det venstre ben, og til hans forbavselse gik det helt fint.

»Hold da op, det lykkedes minsanten!« Kort efter syntes det læderede ben at give efter for presset.

»Jeg bliver lynhurtigt træt i benet. Det synes at ville klappe sammen.«

Krkstoffersef udbrød: »Det gik ganske flot. Lad os nu prøve at spænde stativet på.

Se nu her, stativet spændes fast på din hofte med remmene her. Selve gitteret er lavet af aluminium med de tostave af kraftigere rustfrit stål.De skal tage trykket af din vægt. For et kunne spænde din fod fast til stativet går der en bøjle ind under Din svang og en rem fastgøres over foden så stativet ikke falder af. Lad os nu prøve at sætte stativet på.«

Benet kom ind i gitterkonstruktionen og remmene blev spændt godt fast omkring hoften. En ekstra rem gik ned over lysken, så apparatet forblev holdt oppe på plads ved hoften.

»Benet holdes strakt, når du går. Du bliver altså stivbenet. Det er imidlertid den eneste måde, at hoften kan tage hele den del af vægten, som ellers ville falde på det syge ben. Her prøv det med krykkestokkene.«

Mikael tog krykkestokkene på armene og prøvede forsigtigt at bevæge sig fremad.

»Hej, det går jo forrygende. Med det her stativ på, kan jeg minsanten støtte på benet – stativet tager faktisk hele vægten.«

Mikael bevægede sig rundt på stuen.

»Jeg tror såmænd hurtigt, at jeg vænner mig til at gå med benet stift. Hvor længe regner du med at jeg skal bruge dette hjælpemiddel?«

»Jeg tror nok, at vi skal regne med en månedstid, inden vi prøver benet uden stativ. Nu skal du først og fremmest øve Dig i at gå med stativ og krykker. Når du så har fået øvelsen om nogle dage, prøver vi en tur udenfor i parken. Indtil da må du dagligt klø på med at øve brugen af stativet.

I dag prøver vi 5 – 10 minutter – derefter er det op i sengen og hvile. I morgen formiddag kommer jeg igen og spænder det på dig og du skal øve ½ time – så skal du atter hvile i sengen. Om eftermiddagen tager vi ½ time til 3 kvarter og så fremdeles. Mere og mere for hver dag.«

»Jeg tror nok, at det skal blive OK. Hvem skal senere spænde stativet på mig ? Du kan jo ikke rende her hele tiden!«

»I overmorgen vil vi lære sygeplejersken at gøre det. Efterhånden skal du selv lære at tage det af og på, så du ikke forbliver afhængig af andre. Det skal nu nok gå!«

Efter at Mikael havde bevæget sig rundt i lokalet et kvarters tid, sagde Kristoffersen: »Nu er det nok for i dag. Sig mig, gnaver det nogen steder?«

»Nej, det sidder fint – men jeg er godt nok noget træt i skrutten efter denne her omgang. Det kommer til at kræve nogen øvelse, inden jeg har vænnet mig til stativet.«

Den følgende uge gik med at træne benet i det nye stativ. De første dage med små korte øvelser på stuen, men efterhånden længere og længere ture i parken nedenfor hospitalet. Sygeplejersken deltog i på- og afspænding af apparatet i de første par dage. Snart fik Mikael dog selv taget på at spænde det af og på. På tredjedagen bad Mikael om at få udleveret en stok, idet han mente, at de ikke var nødvendigt med krykkerne mere. Kristoffersen fulgte nøje hans fremskridt og da Mikael ved ugens slutning kunne gå ture i parken af op til en times varighed, mente han, at det var på tide at udskrive Mikael til rekreation hjemme i Tåstrup. De blev enige om, at han skulle hjem søndag aften. Bente blev naturligvis himmelhenrykt over at få ham hjem igen, så hun forberedte den helt store modtagelse med engelske bøffer til middag. Lørdag formiddag dukkede Johansen fra PET (politiets efterretningstjeneste) op. Med sig havde han en person, som Mikael ikke havde mødt før.

»Goddav, »sagde Johansen. »Jeg fik besked fra hospitalet at du skulle udskrives søndag aften. Derfor henvendte jeg mig til

Rigspolitiet for at få en livvagt til dig. Du fik tildelt Karl Olsen her, som skal følge dig i tykt og tyndt, indtil u bliver rask nok til at tage tilbage til flyvestation Karup igen.«

Mikael hilste på Karl Olsen. En bodybuildertype – stor og firkantet, ca 190 cm høj med let grånende hår og en meget behagelig lavmælt stemme. I sin fremtræden mindede han mest af alt en stout bondemand.

»Ja, jeg er blevet sat til at kigge efter Dem i den kommende tid.«

»Sig endelig du og Mikael til mig. Lad det endeligt ikke blive for højtideligt.! Svarede Mikael.

»Og jeg hedder Karl.« Sagde livvagten. »Jeg håber, at vi kan finde ud af det sammen. Vi kommer jo til at se en del til hinanden i den kommende tid.«

Mikael fandt hans væsen absolut tiltalende. »Mon ikke nok det går. Jeg skal nok i den første tid vænne mig til at det bliver dig som bestemmer farten, især når vi forlader hjemmet fremover.«

Johansen forklarede: »Karl Olsen er vicepolitikommisær og har gjort tjeneste som livvagt i fem år på forskelligt niveau. Ham kan du roligt betro dit liv til selv i krisesituationer. Rigspolitiets uddannelse til livvagt er meget omfattende og opgraderes ofte. Med ham kan du føle dig helt tryg.«

»Jeg skal først udskrives i morgen omkring kl. 17.30. Kommer I forbi og henter mig?«

»Ja, det er OK.« Sagde Johansen. »Karl kommer her og henter dig i morgen kl. 17.30. Han kører i en civil tjenestebil, så I kan køre direkte til din adresse herfra.«

»Fint, jeg varskoer lige min kone om vores ankomst. Jeg ved at hun har forberedt en herlig middag til os. Så vidt jeg husker, står den på engelske bøffer, så Karl – sørg for at være godt sulten når du henter mig her i Morgen!«

5.

Med en trist mine kiggede han ud på den regnvåde asfalt, som strakte sig fra ejendommen, hvor han boede over på den anden side af gaden. Christofolo Mitropaulus havde på grund af sin høje status indenfor KGB fået tildelt en 3 værelsers lejlighed i en ejendom opført i Sofia midt i trediverne. Fjernsynet i stuen viste udelukkende propagandaudsendelser,som priste det kommunistiske styres lyksaligheder.

Han gad ikke lukke op for kassen, så han imødeså endnu en kedsommelig aften uden selskab. Mitropaulus havde aldrig knyttet sig til nogen kvinde idet han var en af KGB's specialuddannede snigmordere, der blev benyttet af systemet til at udrydde dessidenter, som ikke passede ind i de kommunistiskiske rammer. Mennesker, som enten havde udtrykt en eller anden form for kritik af diktatoren eller folk som i udlandet havde vist tilbøjeligheder til at tage varigt ophold i Vesten.

Der var imidlertid nu gået en 3 – 4 måneder, siden han sidst havde løst en opgave for KGB, så han kedede sig bravt. Mitropaulus gik ud i køkkenet for at hente sig en øl i køleskabet. Han tog den med ind i stuen for at nyde den i sofaen. Knapt havde han sat sig, før telefonen begyndte at kime. Han tog den og sagde: »Mitropaulus!«

Det var politiinspektøren, hans direkte overordnede.

»Christofolo, Vi har en opgave til dig. Kom straks ind på mit kontor, så skal jeg sætte Dig ind i sagen.«

»Javel. Kammerat inspektør, jeg tager straks af sted. Jeg kan være hos Dem om en halv time.«

Da Mitropaulus kom frem til KGB bygningen i byens centrum, blev han omgående vist ind til politiinspektøren.

»Kom indenfor Christofolo, min dreng. Du skal løse en

opgave for os i Danmark. Det er Stasi i DDR som har bedt os om assistance.«

Inspektøren skød et billede frem mod Mitropaulus på bordpladen.

»Det drejer sig om ham her. Det er en chef for en af NATO's afdelinger. Han hedder Mikael Lassen.

»Herligt endelig at få en opgave igen. Det er også snart længe siden. Hvordan finder jeg ham deroppe?«

»Ser Du« indledte inspektøren, »Manden her har været ude for et færdselsuheld og bor derfor hjemme i sin bolig i en forstad til København der hedder Tåstrup. Han skal genoptræne det ben, som blev beskadiget ved ulykken. Vi ved, at han vil færdes en hel del på gaden i den kommende tid. Da han i øjeblikket går dårligt, skulle det ikke være noget problem at komme ind på livet af ham, når han går på gaden. Da hovedgaden er en indkøbsgade med mange forretninger, er der en hel del trafik med gående. Det skulle give dig muligheder nok til at komme tæt på ham. Du kan for eksempel bruge paraplymetoden ligesom i London.«

»Hvordan finder jeg et sted hvorfra jeg kan overvåge hovedgaden, så jeg kan finde ud af hvornår han kommer gående?«

»Efter det oplyste vil Stasi skaffe en lejlighed eller et værelse som ligger direkte ud til hovedgaden. Derfra kan du sidde varmt og tørt indendørs og observere hvornår han kommer, så du kan slå til.

Straks efter ankomsten til hovedbanegården, tager du direkte hen til DDR`s ambassade. Der spørger du efter Heinz Brühmer. Han er den som skal skaffe de nødvendige værktøjer såsom lejlighed, våben samt penge, så du kan købe ind til dine måltider.«

»Hvordan skal jeg rejse til København?« Spurgte Mitropaulus.

»Du rejser i overmorgen og tager ruteflyet til Hamborg. Derfra tager du med toget til København.

Fra Hovedbanagården tager du en Taxa hen til ambassaden. Adressen har du her ! Her er samtidig en sagsmappe som beskriver din »Klient ». Tag hjem og studer den og kom her ind i morgen for at hente dine billetter. Jeg vil have charteket retur så lær indholdet udenad. Nogen spørgsmål?«

Christofolo havde ingen spørgsmål i første omgang, men tog billede og chartek og begav sig hjem for der at sætte sig grundigt ind i stoffet.

Næste dags formiddag tog han ind til KGB for at hente sine billetter. Inspektøren ventede ham, overrakte ham billetterne og fik charteket tilbage.

»Billedet kan du beholde, så du kan identificere ham når du ser ham. Her er »Paraplyen« check lige at duppen sidder ordentligt fast på spidsen. Læg den ned i din kuffert, så den ligger ordentligt beskyttet indtil den skal bruges. Hvis du får brug for en pistol,beder du om at få den udleveret på ambassaden. Tag så op til Danmark og udfør et ordentligt job!«

* * *

Søndag aften kom Mikael og Karl hjem til Tåstrup. Hele huset duftede af madlavning, og de to mænd følte sulten i deres maver i frydefuld forventning om et overdådigt måltid.

Mens Karl installerede sig i sit værelse bemærkede Bente, at hun syntes, at Mikael allerede gik bemærkelsesværdigt godt med det stive ben. Hun syntes imidlertid, at stativet virkede grimt og klodset under hans bukser.

»Ja du har ret.« Sagde Mikael. »Jeg bliver nødt til at købe nogle bukser, som er store nok til at stativet kan være i dem uden at det bemærkes udefra.«

Børnene var kommet hjem for t hilse deres far velkommen. Kun syntes Jarl at det virkede underligt at de skulle have en livvagt gående til at passe på faderen .Olsen forklarede dem, at

PET forventede at kommunisterne ville forsøge et attentat på Mikael, nu da de kunne komme tæt på ham,mens han endnu gik hjemme,

»Hvorfor skulle de dog gøre det?« Spurgte Trine. »Du er jo ikke berømt eller kendt som en skuespiller eller popstjerne.«

»NÆ, men som NATO chef irriterer jeg dem åbenbart så meget, at de vil prøve at skaffe mig af vejen. Det kan Karl forhåbentligt forhindre.«

De følgende dage gik Mikael med Karl nogle meter bag efter sig mange lange træningsture i omegnen og efterhånden kunne han bevæge sig helt frit trods stativ og stok. Samtidigt begyndte det tilskadekomne ben at kunne tage mere og mere vægt af kroppen.

Om torsdagen ringede Johansen fra PET og fortalte, at man havde observeret, at en ukendt person var ankommet til DDR`s ambassade. Han var kommet i en Taxa som PET siden hen havde kontaktet og fået at vide, at turen var gået fra Hovedbanegården. Det kan være den bestildte drabsmand, så PET opfordrede til øget opmærksomhed.

* * *

Mitropaulus blev af portvagten vist hen til skranken i ambassadens forhal. Her spurgte han efter Heinz Brühmer. Den unge pige som passede skranken tog telefonen og ringede op til Heinz . Efter at have lagt røret på, kom hun hen til Mitropaulus og meddelte, at han i løbet af få minutter ville blive afhentet af Brühmer.

»Hvis De vil have den godhed at tage plads derovre, vil herr Brühmer hente Dem om et øjeblik.« Sagde hun, idet hun pegede over imod en stolerække, som stod op af den modstående væg.

Kort efter kom en korpulent, nærmest tyk mand ned af

trappen. Han rakte hånden frem mod Christofolo og sagde:
»Velkommen til København. De må være Christofolo Mitropaulus!« Mitropaulus bekræftede.

»Kom med op på mit kontor så kan vi se hvordan sagerne står.«

Da de var kommet op på hans kontor, som lå på tredie sal, anbragte Brühmer sin ølmave bag skrivebordet slog ud med hånden mod en stol foran bordet :

»Sid ned. Har De haft en behagelig rejse herop?«

Samman gennemgik de i den næste times tid den forreliggende opgave.

»Er der ellers noget, vi kan understøtte Dem med. Har De mordvåbnet?«

»Ja, det er en specialbygget paraply. Den gav ikke anledning til spørgsmål i tolden. Kan De forsyne mig med en pistol med lyddæmper?«

»Det er intet problem, jeg sender lige bud efter en med det samme!« Han tog telefonen og bad den,som var i den anden ende om at komme op med den forlangte pistol.«Venligst omgående!«.

»Vi har for en uge siden lejet en tom lejlighed på hovedgaden i Tåstrup. Som for øvrigt hedder Tåstrup Køgevej. Lidt vanskeligt at udtale på tysk og formentligt endnu værre på rumænsk.

Da lejligheden var tom har vi anskaffet nogle få møbler samt en seng så stedet er beboeligt. Den ligger på første sal oven over en forretning, som handler med pensler og farver. Der er tre-fire vinduer i stuen som vender ud imod hovedgaden. Det skulle således være muligt for Dem at følge med i, hvad der foregår nede på gaden og frem for alt at få øje på »Klienten, når han kommer.«

»Er det muligt at fremskaffe en stor kikkert anbragt på en trefod. En fuglekikkert eller sådan noget lignende?«

»Ja, det skulle ikke være noget problem. Mon vi ikke skulle tage derud og kigge på lokaliteterne. Jeg skal lige finde nøglerne.«

Han trak en skuffe ud i skrivebordet og fandt en nøglering med et par nøgler i skuffens dyb. Mitropaulus fulgte efter ham ned i kælderen til ambassadens garage. Der fik de udleveret en varevogn med almindelige danske nummerplader.

»Det er en vogn vi har lejet. Hvis vi kørte i en af vore egne biler med diplomat plader på ville al kørsel ud af ambassaden blive overvåget og noteret af danskernes politi og vi ønsker ikke at noget skal kunne finde ud af hvor vi skal hen i dag.«

Lejligheden i Tåstrup lå ca. midt på hovedgaden skråt over for Apoteket. Den var sparsomt møbleret og bestod af stue, soveværelse, køkken og badeværelse. I stuen stod en sofa og en lænestol med tilhørende sofabord, et spisebord omgivet af 4 stole. I et hjørne af stuen stod et fjernesynsapparat. For vinduerne var der ophængt gennemsigtige nylongardiner, så man ikke kunne kigge ind i lejligheden udefra. Stuen var oplyst af et antal standerlamper. I soveværelset stod en seng med natbord og læselampe, et klædeskab var anbragt op af den modstående væg. Køkkenet var udstyret med det mest nødvendige grej til at tilberede og spise mad. Køleskabet, som havde en frostafdeling i bunden, var fyldt op med diverce madvarer, således at Christofolo kun skulle i byen for at hente de mest fordærvelige varer som mælk og brød.

»Og her,« sagde Heinz, »står din telefon. Ring venlligst til mig hver aften for at fortælle mig, om du har observeret offeret. Nummeret har du her.« Heinz rakte en papirlap frem mod Christofolo.

»Hvis du prøver at se ud af vinduet her, vil du opdage, at der er god udsigt over gaden. Det er let at se de mennesker som færdes dernede.

»Jeg vil gætte på at din »klient« kommer dernedefra!« Heinz pegede mod syd.

»Hvor er den kikkert som jeg bad om?« Spurgte Christofolo.

»Åh, for pokker. Den glemte vi at få med. Jeg kommer med den her i eftermiddag. – Nå, nu vil jeg stikke af. Du kan gå dig en tur på hovedgaden for at orientere dig om hvor de forskellige butiker ligger.«

Da Heinz var gået gik Christofolo ud på badeværelset med sin toilettaske og bemærkede med tilfredshed, at håndklæder allerede var hængt op på krogene.Idet han så sig i spejlet, bemærkede han sit blanke sorte hår. Når han huskede på, hvordan de fleste mennesker, han havde set på gaden så ud, tænkte han, at det nok var bedst, hvis han fik gjort noget ved den farve på håret. Han ønskede ikke at man skulle lægge mærke til ham, når han færdedes dernede. Christofolo bestemte sig for at finde en forretning som handlede med pulvere til indfarvning af hår.

Nede på gaden fandt han et supermarked hvor man handlede med de nødvendige artikler. Oppe i lejligheden vaskede og farvede han sit hår, således at det nu blev kommunefarvet (mellemblond). Mens det tørrede, ringede han til Heinz på ambasdsaden og bad ham tage nogle danske penge med sammen med kikkerten.

»Jeg har ikke så mange danske penge og det er nødvendigt til at købe brød og andre småting.«

Heinz lovede at medbringe et par tusinde kroner når han kom igen.

* * *

Da de var færdige med at spise, sagde Karl, mens han tog sig til maven :

»Kære frue. Det var et lækkert måltid. De fås næppe bedre og jeg tror, at jeg igen har spist for meget. Mange tak for mad.«

»Selv tak. Det er altid en fornøjelse at servere, når maden bliver nydt på den måde. Det er for resten sandt, der kom et brev til dig i formiddag. Du må undskylde, men jeg har helt glemt at det var kommet.« sagde Bente til Mikael idet hun vendte sig imod ham.

»Det ligger på dit skrivebord.«

Mikael gik straks ind på sit kontor for at se, hvad det kunne være. Brevet var fra Auditørkorpset og indeholdt en indkaldelse til at vidne i retssagen mod Erik Berg., som afholdtes i Øster Landsret torsdag d. 1. december kl 1130.

Mikael gik ind til de andre i stuen med brevet i hånden, idet han sagde :

»Vi skal møde i Østre Landsret. Jeg er indkaldt som vidne i en spionsag mod en tidligere medarbejder fra FE

»Kan dit ben klare den tur, selvom du har Dit stativ på?«

»Nej, det er jeg ikke sikker på, så jeg vil se, om ikke vi kan låne en kørestol på Rigshospitalet

Så du kan få lov til at skubbe mig.«

»Nå ja, det skulle vel heller ikke være noget problem« svarede Karl

Så kan du også få adgang til retssalen. Sagen skal jo afvikles for dobbelt lukkede døre af hensyn til rigets sikkerhed.«

* * *

Karl skubbede Mikael op mod indgangen til Østre Landsret i den lånte kørestol. Trappen op til hoveddøren viste sig som en uoverstigelig forhindring, men de flinke soldater fra militærpolitiet som var på vagt udenfor retsbygningen tog beredvilligt fat i kørestolen og bar den med Mikael i op af trappen til hoveddøren. Mikael takkede dem hjerteligt hvorefter de kvitterede med et honnør fra stram retstilling Mikael var af hensyn til, at han var indkaldt som vidne i en sag, der blev gennemført af Hærens Auditørkorps, iført fuld uniform. Indenfor kørte de hen til den retssal hvor sagen skulle afvikles. Udenfor døren blev de hilst velkommen af oberstløjtnant Christensen, som noget fobløffet kiggede på Karl Olsen.

»Velkommen til« sagde han. »Du har nok medbragt mandskab i dag!«

»Ja, »svarede Mikael, »Det her er Karl Olsen fra Rigspolitiet. PET har beordret mig til at have en personlig livvagt pt, idet man forventer en hævnaktion fra kommunisterne.«

»Det må jeg nok sige. Det er noget af en overraskelse, men hvorfor kørestolen ? Jeg troede at du var blevet udstyret således at du kunne klare dig med krykker.«

»Det er også korrekt, Men dagen herinde bliver så lang at mit ben ikke kan holde til strabadserne, så jeg lånte denne her på Rigshospitalet.«

»OK, så er jeg med« Christensen kiggede på sit ur: »Nu er jeg vist nødt til at gå ind. Retssagen skal begynde nu. I må bliver herude indtil I bliver kaldt ind. Jeg skal meddele retsformanden at Du har livvagt med, så du kan få ham med derind. Det er jo en sag der afvikles med dobbelt lukkede døre så ingen udenforstående får adgang.« Christensen gik ind i retssalen.

Lidt efter kom Mitshel fra CIA hen ad gangen til dem.

»Hi Mikael. NÅ, så skal vi til den for sidste gang. Det bliver nu godt at kunne få afsluttet denne sag. Hvem er det Du har medbragt?«

»Hi Mitshel ! Det er Karl Olsen, min livvagt fra Rigspolitiet. Det er Politiets Efterretningstjeneste,som har beordret mig til at have sådan en. De er nervøse for at kommierne fra DDR kan finde på at overfalde mig. Det håber jeg nu ikke, at de gør.«

»Det er vist meget klogt. Når vi så hvad de satte i scene for at få Borsch tilbage i DDR, så kan man vist nok ikke aldrig være forsigtig nok«

Kort efter blev Mitshel kaldt i vidneskranken så Karl og Mikael var igen alene tilbage på gangen,

2 timer senere blev de kaldt ind i retssalen. Det var den store retssal forsvaret havde fået stillet til rådighed af Landsretten. På podiet oppe foran sad en civil landsretsdommer iført den sædvanlige kappe og ledte sagen som retspresident. Fordelt på begge sider af ham sad 5 generaler og 2 oberster, der tilsamman udgjorde krigsretsdommerne. På anklagebænken sad en bleg Erik Berg omgivet af sine forsvarere begge fra Auditørkorpset. I salens højre side var anklarerens folk pladseret under ledelse af hovedanklageren, som var major.

Anklageren gik frem imod Mikael og Karl, idet han viste dem hen til vidneskranken til venstre for retspresidenten .

»Vil De være venlig at tage plads i vidneskranken hr oberstløjtnant ? Deres livvagt bedes tage plads på første række lige foran vidneskranken.«

Da de kom hen til vidneskranken viste det sig ikke muligt at få kørestolen op i skranken.

»Har retten noget imod at jeg sidder i kørestolen lige foran vidneskranken ? Jeg tror ikke, at vi kan få der derop.«

Retspresidenten nikkede idet han sagde: »Det er i orden, at De holder foran skranken.«

Efter at have afgivet navn, adresse, rang samt tjenestested blev Mikael opfordret til at fremstille sin opdagelse af Erik Bergs anvendelse af mønttelefonen på Amaliegade. Derefter stille anklageren ham en række spørgsmål om, hvordan og hvornår han havde gjort Mitshel og Christensen opmærksom på sin forundring over, at Erik Berg brugte telefonen udenfor sit kontor på Kastellet idet han var bekendt med at FE`s ansatte frit havde adgang til at bruge telefonen også til private opkald.

»OK,« sagde anklageren. »Vi har allerede af hr Mitshels vidneudsagn fået konstateret, hvorledes Deres mistænksomhed førte til at sagen blev genstand for en grundig undersøgelse under ledelse af CIA. Så det behøver vi ikke at få gentaget. Jeg vil så overlade til forsvareren at stille tillægs spørgsmål, hvis han da har nogen.«

Forsvareren meddelte at han ikke havde spørgsmål til dette vidne.

»Anklageren sagde derefter: »Så vil jeg takke Dem for Deres medvirken oberstløjtnant Lassen. De er velkommen til at følge resten af retssagen fra en plads nede i salen.«

Karl kom op til Mikael og kørte ned midt i salen hvor de fandt en plads som kunne rumme kørestolen. Derfra fulgte de retssagen resten af dagen. Den varede i endnu 3 dage. De overværede dog ikke resten af sagen, men kørte hjem til aften.

Christensen ringede på femte dagen og fortalte, at nu var dommen faldet. Erik Berg fik 15 års fængsel uden formildende omstændigheder. Han blev fradømt retten til Statspension og ville aldrig siden kunne få ansættelse i offentligt erhverv igen.

* * *

6.

Oppe i lejligheden havde Mitropaulus stillet kikkerten op på
trefoden henne ved vinduet. Han havde skubbet en lænestol
hen til vinduet, så han kunne sidde behageiigt og holde udkig
med fodgængerne nede på Køgevejen. Det gennemsigtige gar-
din, som var trukket for vinduet, tillod ham at iagttage trafik-
ken på gaden uden selv at blive set. I over en uge havde han nu
siddet her og spejdet efter sit offer. Kun et par gange havde han
set nogen, som lignede den han søgte efter. Men hver gang var
han blevet opmærksom på manden så sent, at han ikke kunne
nå ned på gaden, inden genstanden for opmærksomheden igen
var kommet ud af butikken, hvor han handlede var sprunget
ind i en bil og kørt væk. I snart fem dage havde det været regn-
vejr uden ophold og trafikken var blevet indskrænket til nogle
få fodgængere som hurtigt søgte ly for regnen. Gaden henlå
derefter stort set i øde ensomhed.

I dag var den ulidelige regn imidlertid blevet afløst af en-
kelte byger. Temperaturen havde, i det vindstille vejr, sneget
sig op på 16 graders varme. Folk her i landet følte det som en
usædvanlig mild dag i november måned. Det var fredag og det
milde opholdsvejr havde lokket mange mennesker ud på gaden
for at købe ind til den kommende weekend. Der var ligefrem
trængsel dernede i dag.

* * *

Efter sit møde i retten havde Mikael trods den stadige regn
været på gaden for at træne sit ben hver eneste dag oppe i den
ende af byen, hvor han boede. Han havde nu fået så meget
styrke i det beskadigede ben, at han kunne klare sig uden sin
stok. Det meste af tiden. Han havde faktisk om torsdagen følt

sig så god form, at han havde ringet til professor Kristoffersen
på Rigshospitalet for at spørge, om ikke det snart var på tiden
at slippe for støttestativet. Kristoffersen havde efter at have fået
en statusrapport om den øjeblikkelige tilstand bedt ham om at
tage en uge mere for at være sikker på, at han virkeligt kunne
gå på det dårlige ben. På spørgsmål om ikke af og til kunne
forekomme lidt ømhed i det venstre ben, når han havde gået
en halv snes kilometer, måtte Mikael trods alt gå til bekendelse
og tilstå at en svag smerte af og til kunne forekomme.

»Hør nu her,« sagde Kristoffersen. »Nu telefonerer jeg et smer-
testillende middel til Tåstrup Apotek, så kan du i morgen gå
ned og hente det ved middagstid. Det er tabletter, du skal tage
2 stk når du har været ude at gå langt. Lad os så se om Din
tilstand bliver stabil i løbet af en uges tid. Efter den kan vi så
tage sagen om at fjerne støttestativet op drøftelse.

Mikael gik ind til Karl og berettede om telefonsamtalen og
forberedte ham på, at de i morgen skulle en tur ned på Apoteket
for at hente pillerne.

»OK« sagde Karl. »Jeg har set i avisen, at det skulle blive op-
holdsvejr i morgen . Så det skal nok blive en behagelig tur.«

Fredag formiddag ringede Karl ned til den lokale politista-
tion og talte med lederen politikommisær Hansen. Karl satte
ham ind i situationen om et forventet overfald på Mikael og
spurgte, om det var muligt at holde en patruljevogn hjemme
mellem kl. 12 og 1330 således at han kunne tilkalde assistance
såfremt der blev brug for det. Karl meddelte kommisæren at
han medbragte en lille radio som han, i givet fald kunne alar-
mere politistationen med. Stationens leder sagde at det ville
være OK og opgav en radiofrekvens, som Karl kunne bruge.
Han takkede mange for tilsagnet om eventuel hjælp og ud-
trykte håb om, at der ikke ville blive brug for den.

En halv time før frokost startede de ned mod Apoteket. Da
de kom ned på hovedgaden undrede de sig over de mange

fodgængere. Det lignede næsten storbytrafik. Karl sagde til Mikael, at han ville falde lidt tilbage og gå en halv snes meter bag Mikael.

»Så har jeg bedre oversigt over de, som færdes på gaden i dag. Finder jeg at noget truende er i opmarch, har jeg bedre mulighed for at gribe ind i tide!«

Metropaulus sad på sin post ved vinduet og iagttog mængden af fodgængere på gaden. Endnu var der ikke sket noget af interesse. Pludseligt blev hans blik fanget af en mand, som drejede ind på Køgevejen nede i den sydlige ende. Det var en mand iført en mørkeblå stortrøje, som gik på en besynderlig måde. Ja, nu var det tydeligt, han gik med stok og havde et stift bendet venstre. Mitropaulus greb kikkerten og stillede skarpt på manden. Nu kunde han tydeligt se ham. Det var målet ! Nu var han helt sikker.

»Endeligt!« udbrød Christofolo og skyndte sig ind efter paraplyen i kufferten. Hurtigt tog han sin overfrakke på og begav sig ned på gaden. Han krydsede Køgevejen og gik over på det modsatte fortov og begav sig i almindeligt gangtempo hen imod den gangbesværede. Paraplyen, som han havde taget beskyttelsesduppen af den forgiftede spids og gjort den klar til aktion, bar han vandret med spidsen fremad i højre sin hånd.

Mikael holdt øje med de fodgængere som gik imod ham på fortovet. Der var ikke nogen som skildte sig ud fra alle de, som altid ville færdes på indkøb i byen. Da han nærmede sig Apoteket, fik han pludseligt øje på en ikke særlig høj herre, der gik med en paraply i hånden. Det, der vakte Mikaels opmærksomhed, var, at denne person hele tiden stirrede intenst på ham.

»Det er ham!« sagde Mikael til sig selv og trak sig lidt længere ind mod husmuren. Noget dæmrede for ham – noget med en paraply – han havde læst om et tilfælde i London, hvor der var sket et attentat mod en flygtet russisk diplomat. Han var blevet stukket i benet med en spids paraply, som senere viste sig at være forgiftet. Diplomaten døde senere på hospitalet. Ingen havde bemærket episoden før russeren faldt om på gaden, og da var attentatmanden for længst over alle bjerge.

»Det er ham ! Jeg kan mærke det – det er paraplyen – hvorfor holder han den vandret på den måde?«

Mikael følte en isnende rædsel bemægtige sig. Hvad skulle han gøre?. Skulle han råbe ad Karl?

Han følte sig totalt magtesløs !

Nu var manden med paraplyen ganske tæt på. Mikael forstærkede instinktivt sit greb om stokken og stirrede stift på mandens højre hånd. Idet Christofolo var en halv meter fra Mikael stødte han lynhurtigt paraplyen frem mod Mikaels ben. Med en afværgebevægelse rykkede Mikael stokken mod venstre, således, at paraplyen gled af på stokken og i stedet for at ramme låret, blev den med stor kraft stødt ind i hans venstre bukseben og derfra ind i støtte stativets lodrette stiver, hvor den satte sig fast Mikael tumlede baglæns over mod husmuren og var ved at falde. Paraplyen blev siddende fast i stativet men faldt kort efter af og ned på fortovet, samtidig med at Mikaels ryg stødte ind i husmuren.

Ud af øjenkrogen opfattede Mitropaulus, at Karl havde stukket sin hånd indenfor overfrakken for at få fat på sin pistol. Christifolo trak med en lynrefleks sin lyddæmpede pistol ud af den åbentstående frakke og sendte i samme bevægelse at kasteskud imod Karl. Han blev ramt i brystet og faldt til jorden. Idet han ramte den blev radioen slået ud af hans hånd og hoppede en meters penge væk fra ham. Karls første tanke var, at få fat i radioen, så han kunne tilkalde hjælp fra politiet. Under store smerter lykkedes det ham at krybe det sidste stykke hen til den og få afgivet sin nødmelding til politistationen, hvorefter han besvimede.

Imens dette skete, havde Mikael ved hjælp af husmuren atter fået kontrol over sine ben og bemærkede, at der lige ved hans højre side var en port som førte ind til en bagvedliggende gårdsplads.Han løb ind igennem porten for at komme ind i gården og finde et skjulested, hvor han kunne gemme sig for attentatsmanden. Gården viste sig imidlertid at være tom og helt åben uden mulighed for skjulesteder. Mikael trykkede sig derfor op af muren bag det indvendigt afvalmede hjørne af porten. Han kunne høre attentatmanden komme løbende ind for at søge efter ham. Forfølgeren stoppede ved synet af den åbne gård og trykkede sig op at portens væg for at gøre sig så lidt synlig som muligt.

Var offeret bevæbnet ? Ventede han derind med en pistol parat ? Foreløbigt måtte Christofolo blive her mens han fik overblik over situationen Mikael pressede sig ind mod muren lige om hjørnet idet han fortvivlet tænkte over hvad pokker han skulle gøre. Havde han blot ikke lyttet til Karls råd ikke at medbringe en ulovlig pistol. Han sørgede hele tiden at trykke sig fladt op af hjørnet og lagde mærke til, at muren var dækket af et træpanel op i 2 meters højde gennem hele porten. Samtidigt mærkede han, at et eller andet trykkede ham i ryggen. Han kom i tanke, om at han havde spændt sin nærkampkniv fast i livremmen helt omme bag på ryggen. Uden støj knappede han forsigtigt sin stortrøje op og fik listet sin højre hånd om på ryggen. Her fik han fat i knivens håndgreb og trak den skarpe kniv frem. Nu kunne han lugte sin forfølger på den anden side af hjørnet. Hans ånde stank af hvidløj. I samme bevægelse som han havde brugt til at tage kniven frem, svingede han af al sin kraft kniven, med spidsen fremad omkring hjørnet. Han kunne mærke, at han traf noget. Der lød et hult dunk og et svagt skrig. Mikael mistede balancen og faldt om på jorden foran sin forfølger. I faldet hørte han et plop fra en dæmpet pistol, som blev skudt af og mærkede samtidig en meget varm fornemmelse ved sin højre kind. Han var nær ved at blive ramt i hovedet, men skuddet gik forbi. Idet han faldt om på ryggen, tabte Christofolo sin pistol, der faldt ned på jorden ved siden af Mikael. På sin højre hånd mærkede han noget varmt og klæbrigt, det måtte være blod. Da han kiggede op, sad kampkniven fast i træpanelet og hans modstander var blevet spiddet i venstreside af halsen og hang nu livløs som var han hængt op på en knage. Blodet styrtløb ud af halsen på ham. Blodet på hånden måtte stamme derfra. Mikael hørte løbende fødder i porten og en stemme råbte :

»Bliv liggende eller jeg skyder!« En politibetjent kom stormende henimod ham mens han pegede på den liggende Mikael med en pistol.

»Stop, for helvede, det er sgu mig der er offeret. Morderen hænger der!«

»Ja, det er godt med dig.«

Mikael mærkede et par håndjern om håndledene. Betjenten forsøgte at få Mikael op at stå.

»Pas på, for pokker – mit ben er stift!«

Ude på fortovet var den anden betjent standset ved den faldne livvagt og havde over sin radio tilkaldt en ambulance. Mikael havde i mellemtiden fået forklaret betjenten i porten, at det var den anden som var jægeren.

»Hans pistol ligger der.«

Betjenten kaldte op til politistationen for at få folk fra drabsafdelingen herned: »Gerningsstedet er i porten på Køgevej nr. 80.« Han vendte sig mod Mikael og spurgte: »Hvem er så du?«

»Mit navn er Mikael Lassen. Jeg er oberstløjtnant i NATO. Manden udenfor porten blev skudt af ham der ! Den faldne derude er min livvagt fra Rigspolitiet

»Det må du altså undskylde »sagde betjenten »Men jeg skal lige have det verificeret »Og kaldte stationen

I det samme standsede en politibil udenfor porten og to ci-
vilklædte betjente skyndte sig derind.

»Hold da kæft ! »Udbrød den ene da han så Christofolo. Han
undersøgte om der nogen puls men sagde så: »Han er død
»Vendte sig mød Mikael og spurgte: »Hvem er det?«

Mikael svarede at det vidste han ikke men at det sandsyn-
ligvis var en attentatmand fra et kommunistisk land udsendt
for at eliminere mig. »Hans våben var ud over pistolen der,
paraplyen som ligger der udenfor porten.«

»Pas på, den har en forgiftet spids!«

»Og hvem pokker er du«

Mikael satte ham ind i sagen og ligitimerede sig med sit mi-
litære ID-kort. Han pegede ud mod gaden hvor en ambulance
var ved at bringe den sårede til hospitalet.

»Det er min livvagt, en politimand, som blev skudt af ham
der .« Mikalel pegede på den døde.

Den civileklædte så på betjenten og bad ham tage håndjer-
nene af Mikael

»Og gå så i gang med at afspærre området. Det skal være
nu!«

Han vendte sig mod Mikael og sagde :

»Vi er klar om en halv time. De tager med os ned på statio-
nen, hvor vi ønsker at afhøre Dem .«

* * *

På politistationen,som lå oppe i den anden ende af Køgevejen
overfor S-stationen, blev Mikael vist ind på stationslederens
kontor. Her måtte han fortælle alt om, hvorfor PET mente,
at folk fra Østblokken skulle have sendt en attentatmand
ind i Danmark for at eliminere Mikael Selv efter Mikaels
forklaring syntes de at det virkede »lidt langt ude«. Mikael
spurgte dem, hvorfor de troede, at han havde en livvagt og

116

han forhørte sig samtidigt om, hvor slemt Karl Olsen var blevet såret. Stationslederen politikommisær Hansen oplyste at Karl var blevet ramt i venstre side af brystet . Heldigvis uden at ramme lungen, så hans tilstand var ikke alvorlig. Han var blevet indlagt på hospitalet i Roskilde og ville sansynligvis komme sig i løbet af kort tid.Mikael takkede for oplysningen og sagde, at da PET var indblandet i hele sagen syntes han, at man skulle udsætte forhøret til næste dag, så man kunne nå at indkalde en person fra PET, idet Mikael ikke var sikker på, hvor meget han havde lov til at fortælle politiet i Tåstrup uden at komme til at røbe hemmeligheder. Hansen gav ham ret i den betragtning, så han ville kontakte PET og derefter indkalde til fornyet forhør i morgen.

»Skulle politiet køre Mikael hjem?«

Mikael takkede for tilbuddet og bad om at man på vejen standsede ved Apoteket, så han kunne få sine piller med sig. Besøget der var jo den oprindelige årsag til, at han og Karl begav sig ned til bycenteret.

I øvrigt havde han tænkt over at attentatmanden måtte have disponeret over en lejlighed eller lignende, siden han så prompte kunne dukke op, da Mikael var på vej ned mod Apoteket. Hansen medgav ham, at det sikkert var en korrekt betragtning, og at han ville sætte sine betjente til at lede efter stedet. Så vidt han vidste var der adskillige ledige lejligheder oven over forretningerne på Køgevej – mandens opholdssted måtte være til at finde. Hansen rejste sig bag skrivebordet

»OK, så indkalder jeg til ny afhøring i morgen når jeg har talt med PET. Jeg ringer til Dem i morgen. «

* * *

Bente var bekymret, Mikael havde brugt alt for meget tid på at hente de piller på Apoteket. Og hvor er Karl henne?«

117

Mikael rakte hænderne i vejret som for at overgive sig :

»Stop nu en halv ! Jeg er blevet overfaldet nede i byen. Karl blev skudt i brystet, og jeg har sgu dræbt en mand – attentatmanden!«

»Har du været ude for et attentat?« Bente så altereret ud. »Lad mig nu høre. Hvad er der sket?«

Mikael fortalte om manden, som havde forsøgt at dræbe ham med en paraply hvis spids var forgiftet. Han pegede ned på hullet i sine bukser – trak dem ned så hun kunne se det ødelagte stativ.

»Han stødte så kraftigt, at den satte sig fast i stativet. Heldigvis fik jeg mistanke til manden i tide og fik, idet han stødte paraplyen frem imod mig, lavet en afværgemanøvre med min stok. Godt at jeg var med på kurset på Hærens kampskole, hvor jeg fik lært at reagere rigtigt. Jeg tror, at det reddede mit liv i dag.

Efter det mislykkede forsøg gav han dog ikke op. Jeg løb ind gennem en port for at kunne gemme mig i gården, men den viste sig at være helt åben og tom. Der var intet skjul at finde der. Idet jeg løb ind igennem porten hørte jeg et skud fra en pistol med lyddæmper på. Det må have været da han skød Karl. Af mangel på et skjulested løb jeg lige om hjørnet inde ved gårdspladsen og trykkede mig op af muren. Løbende fodtrin røbede, at manden var på vej ind efter mig. Jeg tror aldrig i mit liv, jeg har været så bange – jeg var jo ubevæbnet. Det var han ikke ! Heldigvis stoppede han i selve porten på den anden side af hjørnet formodentligt, fordi han havde set at gården var åben og tom. Han trykkede sig op ad muren på sin side af hjørnet. Han kunne jo ikke vide, at jeg var ubevæbnet og ville ikke risikere noget. Der stod vi faktisk tæt sammen på hver sin side af hjørnet. Jeg kunne tydeligt lugte at han havde spist hvidløg – pføj ! Nu kunne det kun vare sekunder, inden at han opdagede mig og kom efter mig. Til alt held kunne jeg mærke noget som generede mig på ryggen – nu kom jeg i tanke om at jeg, gudskelov havde spændt skeden med min kampkniv fast i bæltet helt bagpå. Det havde jeg rent glemt alt om men nu fik jeg lempet den frem og som et sidste forsøg på at overrumple ham, tog jeg kniven i højre hånd med spidsen fremad og svingede af al kraft om hjørnet. Jeg havde det held, at jeg ramte ham i halsen så han blev spiddet. Væggen i porten var dækket af et træpanel helt op i 2 meters hølde. Der var så meget kraft på mit sving, det må have været fortvivlelsen, som gav mig ekstra kræfter at kniven borede sig gennem hans hals og ind i træet, så han blev ophængt i kniven ligesom på en knage. Ved bevægelsen mistede jeg balancen og faldt om og havnede lige foran ham. Hans pistol gik af uden at ramme mig. Skuddet må være passeret lige forbi min kind, jeg kunne tydeligt mærke varmen fra projektilet. Han var imidlertid allerede blevet dræbt, skuddet må have været en refleksbevægelse. Jeg var utrolig heldig. Mon ikke du er gift med verdens mest heldige mand?«

Bente skyndte sig at give ham et stort kram.

»God ske lov, at du ikke blev ramt ! Hvordan gik det med Karl?«

»Jeg spurgte oppe på politistationen om hans tilstand. Også han havde haft heldet med sig. Man fortalte mig at skuddet igennem hans bryst i venstre side mellem lungen og skulderen, så det er heldigvis ikke så slemt!«

»Hvad nu med kommunisterne – Tror du at de stadig er ude efter Dig?«

»Nej, i hvert fald ikke lige straks. Politiet i Tåstrup ringer i øvrigt til mig i morgen for at aftale en ny afhøring. Jeg foreslog dem at kontakte PET, da de jo har alle fakta i sagen.«

»Hold da helt kæft hvor er jeg glad for at Du har holdt dig i god form til trods for det onsvage ben !

Jeg tør slet ikke tænke på, at jeg ellers havde været enke nu !

Åh, som jeg dog står her og ævler. Nu skal vi i hvert fald have os en kop kaffe. Du må da også være sulten.«

»Tak det ville være skønt. Jeg hopper lige i bad, så jeg kan få stativet af og noget rent kluns på.«

Efter kaffen ringede Mikael til hospitalet i Roskilde for at høre, hvornår de kunne besøge Karl. Hen fik at vide, at det nok ville være mest belejligt, hvis han ventede til efter kl 15.00 i morgen.

* * *

Han lå og kiggede op i mørket. Mikael var vågnet ved, at nogen havde skreget. Han var totalt gennemblødt af sved – var det ham selv, der havde skreget ? Det måtte det have været en fornemmelse, som blev forstærket af det uigennemtrængelige mørke. Jo, det måtte have været ham ! Han rakte ud mod natbordet og tændte sengelampen. Nu kunne han huske det, han havde haft et skrækkeligt mareridt.: Pistolmanden havde peget på ham med sin pistol – han skød, og Mikael udstødte et skrig og vågnede.

Bente som lå i dobbeltsengen ved siden af ham var vågnet ved lyden af skriget.

»Hvad er der dog min skat. Har du haft mareridt?«

»Det må have været eftervirkningen af choket som først kommer nu!«

»Jeg har også undret mig over at du ikke fik rysteture . sådan er det for de fleste mennesker, når noget højdramatisk er overstået, har jeg læst .«

»Det var også en forfærdelig drøm. Jeg troede, at han havde fået ram på mig.«

»Jamen du er jo helt gennemblødt af sved. -- Nu skal jeg finde en ren pyjamas til dig. Tror du at du kan sove nu igen?«

»Jeg tror, at det kommer til at knibe, Tankerne kværner rundt

120

i knolden på mig. Først tror jeg, at jeg vil lave mig en kop te
det kan måske få mig til at falde lidt til ro.«

»Jeg skal nok lave den til dig. Gå du lige en tur under bruse-
ren og få skyllet sveden af.«

Mens de fik en kop te i køkkenet snakkede de om drømmen.
Lidt efter lidt fik Martin den ud af systemet.

»Se her, jeg har et par sovepiller. Jeg fik dem af Dr. Larsen lige
efter, at du var rejst til Jylland, hvor jeg lå og vendte mig alene i
den store seng uden at kunne falde i søvn. De er gode. Tag de
to her -- du falder med garanti i søvn om en halv time.«

Mikael slugte tabletterne sammen med resten af sin te.

»Nu håber jeg, at de virker. Jeg skal ned på politistationen i
morgen. De ringer efter mig.«

Næste formiddag var der indkaldt til møde hos politiet k.l
11.oo. Fra PET var politiassistent Johansen mødt op. Stations-
lederen indledte mødet med en velkomst til repræsentanten fra
PET og gav straks ordet til Johansen.

Denne startede med at give en oversigt over efterretningstje-
nestens viden om den dræbte lejemorder. Man vidste at han
hed Christofolo Mitropaulus var rumænsk statsborger og ansat
i den rumænske afdeling af KGB. Hans virke havde omfat-
tet snigmord på rumænske afvigere idet det kommunistiske
regime ikke kunne tolerere deres undergravende virksomhed.
Så vidt PET havde kunnet konstatere var det anden gang, at
han blev benyttet til en aktion i udlandet. Første gang var det
berømte »paraplymord« På en afhoppet ambassademedarbej-
der i London. Dette angreb var tilsyneladende en tro kopi af
London mordet.

Man havde kendskab til at rumæneren var blevet sendt her op
på foranledning af Stasi i DDR. Det var helt klart myndighe-
derne dernede som havde bestildt et snigmord på oberstløjtnant
Lassen, som ved flere lejligheder havde »stukket en kæp i hjulet«

for Østtyskerne. Først ved arrestationen af deres topagent i Karup og siden, da han gav anledning til afsløringen af muldvarpen Kn. Berg i Hærens Efterretningstjeneste. PET havde endvider konstateret, at Mitropaulus var indrejst i Danmark via Hamborg for ca. 8 dage siden, hvorfor man havde aftalt med Rigspolitiet, at få tildelt en livvagt, Karl Olsen, til at passe på Mikael Lassen. Som vi alle har set gik det ikke så godt idet Karl Olsen som bekendt blev skudt i brystet af Mitropaulus. Takket være Lassens hurtige indgriben, lykkedes attentatet ikke. Mitropaulus blev i stedet dræbt af Lassen.

Jeg synes af hensyn til sagens fulde opklaring, at politiet her i Tåstrup fortsætter sine afhøringer af Mikael Lassen og Karl Olsen. Når afhøringerne er afsluttet vil vi sammen tage stilling til, i hvilket omfang at PET skal gå ind i sagen.

Derefter gik de to kriminalbetjente i gang med afhøringen af Mikael, som gav en samlet beretning af overfaldet, som han havde opfattet det. Politifolkene gav udtryk for at sagen efter Johansens redegørelse, af forløbet at Metropaulus havde været agressoren og Mikael ofret. Rapporten fra Retsmedicinsk Institut klarlagde, at Mitropaulus var død som følge af stikket i halsen med kampkniven. Knivens æg havde skåret halspulsåren over og var endvidere trængt ind i leddet mellem to halshvirvler og havde beskadiget rygmarven, hvilket havde medført øjeblikkelig død.

Mikael fremviste derpå sit genhullede støttestativ, men kriminalbetjentene mente ikke, at det blev nødvendigt at inddrage det som bevismateriale i sagen. På Mikaels opfordring blev det ødelagte stativ imidlertid fotograferet, hvorefter det blev frigivet så det kunne blive sendt til reparation. Stationsleder Hansen meddelte, at de havde fået opsporet lejligheden, hvor Mitropaulus havde taget ophold, idet man simpelthen havde foretaget en rundspørge hos samtlige udlejere på Køgevej. Et besøg i lejligheden, som lå lige over for Apoteket, havde bl.a.

afsløret en kraftig kikkert monteret på en trefod som stod i stuens vindue. Det var ganske tydeligt at Mitropaulus til stadighed måtte have holdt fodgængerne nede på gaden under observation. Opdagelsen forklarede også, hvordan han så hurtigt efter at have opdaget Mikael kunne være nede på gaden klar til at angribe ham.

Forhøret fortsatte og en af betjentene spurgte: »Er det Deres kniv, Lassen ?

»Ja, det vil sige, det er Flyvevåbnets, som de har udleveret til mig, det er et led i standartudrustningen. Når sagen er afsluttet vil jeg i øvrigt gerne have den tilbage idet jeg, når jeg til sin tid går ud af Flyvevåbnet, skal aflevere den igen!«

»Hvorfor havde De taget kampkniven med når De ikke var i tjeneste ? Det er jo et dødsensfarligt våben at have på sig især med Deres evner til at bruge den.«

»Jeg havde spændt den på min livrem helt bag på ryggen, fordi min Livvagt Karl havde afslået at jeg skulle medbringe min tjenestepistol – så jeg følte mig i situationen helt nøgen totalt uden våben. Jeg havde helt glemt at den sad der bag på min ryg. Først da jeg klemte mig op af muren og mærkede den kom jeg i tanke om, hvad det var jeg havde der. Jeg er nu glad for, at jeg havde den med – den har utvivlsomt reddet mit liv i går!«

»Det var nok heldigt,« sagde betjenten »men det var ganske vidst ulovligt at bære den uden for tjenesten. Det bliver derfor op til statsadvokaten at bedømme, hvorvidt De skal anklages for besiddelse af ulovligt våben eller ikke!«

»Det må jeg selvfølgeligt leve med, så politiet gør i den sag,hvad de har pligt til.«

Efter at afhøringen af Mikael var afsluttet sagde kriminalbetjentene, at nu manglede de bare at afhøre Karl Olsen. Det kunne ske i eftermiddag.

Johansen meddelte at Tåstrup politiet efter at have skrevet

rapport i sagen derefter måtte overgive den til PET, idet sagen havde rødder i internationale begivenheder, og derfor skulle færdigbehandles på det niveau. Liget af Mitropaulus ville, når Retsmedicinsk Institut frigav det, blive afhentet af PET som sammen med Udenrigsministeriet ville tage stilling til hvad der videre skulle ske med det.

Med hensyn til at få en ny livvagt til Mikael skulle PET lige tage en drøftelse om hvorvidt risikoen for et nyt angreb stadig var tilstede. Foreløbigt vil der nok gå nogen tid, inden Stasi får oversigt over sagens forløb og derefter beslutte om de ønskede at gentage »succeen« med en eventuel ny snigmorder. »Det er næppe sansynligt, man igen vil prøve noget i den retning, idet sagen allerede, som den havde udviklet sig til, kunne få alvorlige internationale konsekvenser.«

Politikommisær Hansen afsluttede derefter mødet med en tak til de fremmødte.

* * *

7.

Den følgende dag tog Mikael ind til Rigshospitalet for at få gangstativet repareret. Professor Kristoffersen tog imod det med en bemærkning om, at Mikael sandelig havde været heldig med, at attentatmanden kun havde ramt stativet i siden.

»Var der ikke noget om, at han brugte en paraply med en forgiftet spids?«

»Jo, det var en tro kopi af et attentat, som var lykkedes i London. Der døde en afhoppet diplomat. De brugte curare som gift. Politiet har ladet et laboratorium undersøge paraplyen.«

»Du var sgu heldig, at dit nummer ikke var udtrukket i denne omgang. Jeg synes i øvrigt, at du bevæger dig rigtigt godt på krykkerne. Det bliver måske slet ikke nødvendigt med stativet igen. Lad mig lige se på dit ben!«

Kristoffersen undersøgte derefter det læderede ben grundigt.

»Jeg tror, at en daglig genoptræning af benet vil give resultater. Hospitalet i Roskilde har en genoptræningsklinik. Den vil jeg lige se at få en aftale med – så skal Du heller ikke køre så langt.«

»Hvor meget tid skal jeg så afsætte til den behandling?«

»Regn med at du skal i behandling ca 1 time hver dag. Jeg er sikker på, at du vil få et godt resultat i løbet af 2 – 3 uger. Jeg ringer lige derned med det samme.«

Mikael fik en tid næste dag kl. 15oo.

»Kom i god tid. Du skal jo først finde ud af hvor klinikken ligger. Tak for i dag, god bedring og kom godt hjem!«

Da Mikael kom hjem lå der en besked fra statsadvokaten, som gerne ville foretage en afhøring af Mikael om situationen omkring overfaldet i Tåstrup samt det efterfølgende drab af attentatmanden.

Mikael ringede derind og aftalte, at han skulle møde op på advokatens kontor næste dag kl 11oo

* * *

PET overtog efterforskningen af overfaldet fra politiet i Tåstrup. I løbet af 4 uger havde de samlet oplysninger, så sagen var klarlagt i alle detaljer. Samspillet mellem Mitropaulus og Heinz Brühmer fra DDR's ambassade var nu blevet stykket helt sammen, og gennem agenten i Berlin havde man nu også fået klarhed over Stasis rolle, som bagmand i beordringen til rumænerens attentat på Mikael her i Danmark.

Politiinspektør Larsen, chefen for PET's operative afdeling, ringede til Udenrigsministeriet for at afgive rapport direkte til Udenrigsministeren. Denne bad imidlertid Larsen om at komme til møde i ministeriet den følgende formiddag kl 103o.

Ved sin ankomst til ministerens kontor den følgende dag, konstaterede politiinspektøren at også chefen for FE (Forsvarets Efterretningstjeneste) general Brockhuus, var blevet indkaldt.

Larsen redegjorde for hvad PET havde indsamlet af kendsgerninger i sagen.

»Jeg ved ikke, om ministeriet trods alt bør afgive en officiel protest i anledning af at DDR helt klart har blandet sig i interne affærer ved at stræbe en højtstående officer efter livet?« Afsluttede Larsen sin rapport.

»Jo det er jeg helt enig i. Nu vil jeg lige lade vore jurister se på materialet, så må vi se, hvad de kommer frem til. Personligt mener jeg umiddelbart, at vi må forlange et par stykker fra ambassaden udvist. Der bliver nok en helvedes balade!«

Brockhuus udtrykte sin tak for PET's udredning og konstaterede :

»Der er vist ikke rigtigt noget i denne sag, som kræver vores indsats. De har jo på bedste vis trevlet hele forløbet op til mindste detalje.«

»Ja, «svarede Udenrigsministeren, »jeg tror også, at PET har vendt hver en sten i denne sag. Må jeg have lov til at udtrykke min tak for at d'herrer afsatte tid til denne orientering. Herefter vil ministeriets jurister sørge for, at der vil blive taget skridt til at få afslutte sagen. Jeg er specielt glad for, at oberstløjtnant Lassen slap fra attentatet i god behold.«

14 dage senere blev der overrakt en protestnote til DDR's ambassadør, som var blevet indkaldt til at give møde i ministeriet. Noten indeholdt bl.a. en udvisningsordre til Heinz Brühmer som herefter var uønsket i Danmark.

»Brühmer skal have forladt landet senest om 14 dage. Såfremt dette ikke bliver overholdt, vil Danmark forlange at DDR lukkede sin ambassade helt ned. «Udtalte Udenrigsministeren.

Ambassadøren protesterede naturligvis helt vildt, idet han hævde,at DDR ikke havde noget som helst kendskab til Mitropaulus og episoden i Tåstrup.

Udenrigsministeren fastholdt imidlertid sit krav ifølge noten og sagde bl.a., at Danmark ikke under nogen omstændigheder ville finde sig i, at DDR blandede sig vore interne affærer.

Ugen efter mødet rejste Heinz Brühmer tilbage til DDR.

* * *

I Berlin måtte Marcus Wolf redegøre for Stasis rolle i attentetforsøget overfor DDR's udenrigsmister, som derefter ikke så sig i stand til at gøre mere ved sagen. Han kontaktede i stedet Forsvarsministeren og bad ham gennem forøget øvelsesaktivitet med landgangstropperne i Rostock lægge tryk på det danske forsvar på Falster og Lolland i de kommende måneder. Forsvarschefen, som også var tilstede ved mødet i udenrigsministeriet, sagde :

»Øvelsesaktiviteten kan vi desværre ikke sådan omgående sætte drastisk i vejret, idet noget sådant vil kræve omfattende planlægningsarbejde. Vi vil tidligst kunne sætte dette i værk i maj – juni måned!«

Ministeren pålagde forsvaret at speede processen mest muligt op.

»Nu må I sgu se at komme ud af røret i en fart. Det er vigtigt at disse skidtvigtige danskere får vores stålhandske at føle!«

Stasi blev herefter beordret til at holde inde med yderligere tiltag i sagen.

»Stasi har gjort i nælderne. I har vist indkasseret tilstrækkelig med ydmygelser i det forløbne år ! Nu må det være slut!«

Marcus Wolf skummede af raseri, men måtte beskæmmet bøje sig for Udenrigsministeren og fremover holde sig i ro på denne front.

* * *

Bevæbnet med sine krykker gav Mikael møde i Statsadvokaturen. Afhøringen herinde var stort set en gentagelse af, hvad han havde haft at fortælle betjentene i Tåstrup. Seancen varede kun ca. 3 kvarter. Statsadvokaten gav ikke umiddelbart udtryk for, hvad han mente om tildragelsen, men sagde, at han ville meddele resultatet af sine overvejelser til Mikael med posten.

Om eftermiddagen kørte Mikael ned til Roskilde for der at indlede sin genoptræning af det venstre ben. Terapeuten på hospitalet gik straks i gang med at lade Mikael træne på et løbebånd. Først med nedsat hastighed. Hun fortalte, at Mikael nok skulle kunne mærke fremgangen i løbet af en 3 – 4 uger

»Vil det sige, at jeg kan regne med kunne vende tilbage til min enhed om en lille måneds tid?« Spurgte han.

»Lad os nu først se hvordan genoptræningen forløber efter en uges behandling. Så kan vi bedømme hastigheden på fremskridtet til den tid.«

Efter behandlingen på klinikken gik Mikael op for at hilse på Karl Olsen. Han var allerede oppegående og Mikael udbrød, da han så ham :

»Dav, Karl ! Hvad pokker er du allerede oppe ? Det må jeg nok sige. Det er da gået hurtigt.«

»Ja, men jeg er kun oppe en times tid ad gangen, så er jeg så udmattet, at jeg må ned at ligge igen. Men det går da fremad.«

Mikael fortalte ham om, hvordan tingene havde udviklet sig i Tåstrup.

»Jeg har i dag været inde for at blive afhørt af Statsadvokaten. Han skal afgøre, om man vil anklage mig for drab på attentatmanden, fordi jeg havde min kampkniv på mig og brugte den på ham.«

»Det var sgu da godt, at du havde den med dig ellers havde han fået gjort kål på dig. Han var jo en af de rigtigt skrappe!«

»Ja, en gang imellem har man jo lov til at være lidt heldig. PET mener i øvrigt,at faren for tiden er drevet over. Man vil derfor ikke give mig en ny livvagt, i hvert fald ikke foreløbnigt. Det er jeg nu udmærket tilfreds med.«

»Det var da også godt af dig, at du gad komme her ned til Roskilde for at besøge mig. Opholdet her på hospitalet begynder allerede så småt at kede mig.«

»Det er så heldigt, at jeg hver dag i den kommende tid skal til genoptræning på klinikken hernede, så jeg har mulighed for at kigge op til dig, når jeg er færdig.«

»Jeg vil se frem til den daglige sludder med dig. Nå,nu skal jeg vist til at hvile mig igen. Du skal vel også se at komme hjem til Bente. Det er ved at være tid til eftermiddagskaffen.«

»Ja, det er vel ved at være ved den tid, så jeg stikker af. Vi ses i morgen!«

»Hils Bente fra mig og fortæl hende, at jeg virkeligt har nydt tiden i jeres hjem. Kan Du komme godt hjem.«

Da, Mikael kom ned i forhallen, gik han over til en mønttelefon for at ringe til Jaenette i Mons. En afdamerne på hendes kontor måtte desværre beklage, at hun ikke var på kontoret i dag. Hun var taget til Lyon, idet hendes far var blevet alvorligt syg. Det var vist en kraftig lungebetændelse. De mente ikke, at Jaenette ville vende tilbage til arbejdet før engang i næste uge. Mikael takkede, ringede af og kørte hjem

* * *

8.

Den sidste del af april måned havde bragt foråret med sig til Karup. Dagen bød på solskin og høj himmel, temperaturen havde sneget sig op på 16 grader, og luften føltes behagelig lun. Mikael var kommet tilbage til Enheden. Der havde man givet ham en strålende velkomst Man skulle tro, at han havde været borte i årevis. Nu sad han imidlertid på sit kontor i fuld gang med at forberede dels modtagelsen af den tyske jagereskadrille, som pr. 1. maj skulle overtage kurertjenesten, og dels at han skulle afskedige sine danske piloter med undtagelse af major Madsen, som fortsat skulle lede operationsafdelingen. Enhedens 10 piloter skulle ved en parade aftræde til tjeneste i andre enheder d. 2.maj kl 14.oo

Fra den tyske eskadrille, som kom fra Linsdorf ved Hannover, var allerede ankommet adskillige container med værkstedsgrej og reservedele til deres Fiat G 90 fly. Premierløjtnant Eskesen, som var blevet udnævnt d. 1. april, havde haft nok at se til med at få anbragt containerne fornuftigt efter deres anvendelse og indhold. Der blev helt givet en hel del omrokeringer, når først de tyske mekanikere kom her op idet de naturligvis havde deres helt egne rutiner og arbejdsgange, så containerne selvfølgeligt skulle anbringes, så de stod mest hensigtsmæssigt for det daglige vedligeholdelsesarbejde på flyene.

Mikael måtte efter sit lange fravær igennem et tjek på T33 éren. Det blev klaret af en instruktør fra Stationsflighten. Turen i eftermiddag ned til Belgien var samtidig afslutningen på tjekket. Derudover ville general Jackson se Mikael på sit kontor, så de kunne drøfte de sidste detaljer vedrørende tyskernes ankomst til Karup.

Kl. 11 startede Mikael sit fly og drog ned til NATO-hovedkvarteret i Mons, hvor han gik direkte op på Jacksons kontor.

»Hi Mike ! Det er godt at se dig igen. Er du helt kommet over uheldet ? Er dit ben nu helt i orden?«

»Ja tak, helbredet er igen helt på toppen, ellers havde jeg ikke fået tilladelse til at flyve herned selv.«

»Jeg har fået de seneste underretninger om Jägerstaffel Linsdorf. Er deres containere begyndt at ankomme?«

»Ja, der er ankommet 11 containere indtil videre. Jeg har overladt til Pr.løjtnant Eskesen at tage vare på alle de ting. Du ved jo, at det er min værkstedschef, som blev udnævnt fra seniorsergent til Premiereløjtnant af specialgruppen her d. 1. april. Så vidt jeg kan se, har ham alt under kontrol.«

»OK – det lyder fortræffeligt. Tyskerne kommer 97 mand og kommanderes af major Hans Haack. De ankommer efter planen d. 1. maj kl 12oo.«

Chris Jackson kiggede i nogle lister, som lå foran ham på skrivebordet. Personellet fordeler sig med 25 piloter til 21 fly. Det er Fiat G 90 fly. 71 er mekanikere og groundcrew (jordpersonel) hvor der er 5 underbefalingsmænd og 66 konstabler og menige. Har du sørget for indkvartering til dem alle?«

»Ja, det har mine administrationsfolk taget sig af. Så det skulle være på plads. Når de ankommer har jeg tænkt mig at samle de 71 i hangaren, hvor major Madsen vil briefe dem samt sørge for fordeling af kvarterer, samt at der er busser til transport af folkene.

Den tyske major og piloterne tager jeg mig af i briefingrummet. Jeg vil give dem en kort indføring i den daglige tjeneste som for deres vedkommende vil blive påbegyndt kl 0700 d. 2. maj. Derefter vil de blive kørt til frokost i messen med bus. Efter frokost vil bussen med deres bagage køre dem over til deres kvarterer, som ligger tæt ved messen. Jeg har befalet premiere. løjtnant Mikkelsen fra administrationen til at fordele og anvise kvartererne. Hvad angår det øvrige mandskab sørger andre fra administrationen for at indkvartere dem. Befalingsmændene på

2 sengs stuer og resten på 10 mands stuer. Jeg tror, at vi har fod
på det hele. Skulle der vise sig en enkelt smutter, vil det straks
blive rettet . Så får vi lært det til næste gang, vi skal gentage
seancen om ca 6 måneder.«

»Jamen, det er jo som det altid plejer at være i din enhed – der
er simpelthen styr på det hele.

Der er for resten en anden sag som trænger sig på: Østty-
skerne er i gang med at samle en større styrke af landgangsbåde
i Warnemünde. Det ser ud til, at de forbereder en stor øvelse
med masser af såvel personel som materiel. Gud'ved, om de har
tænker på at landsætte tropper på Lolland?«

»Det har jeg ikke hørt noget om, men det ændrer vel næppe
min opgave væsentligt?«

»Nej, men du skal selvfølgelig underrette dine piloter om,
hvad der foregår. Har du for resten spist frokost?«

»Næh, det har der ikke været tid til i dag!«

»Det er ganske vist lidt halvsent, men jeg tror at vi smut-
ter ned og får os en bid mad. Bag efter skal vi lige op for at
hilse på Gen. Schultz. Jeg tror, at han vil fortælle dig lidt om
situationen i Warnemünde samt, hvad han har tænkt sig at
gøre ved det.«

Efter frokost fortalte Schultz om, hvad man havde observeret
ved hjælp af satelitter.

»Vi holder øje med situationen. Hvis den bliver mere kritisk,
sender vi vort udrykningshold til Danmark. Jeg har varskoet
dem om, at de skal være klar til at trække teltpælene op. De er
i øjeblikket i Nord- italien . Jeg har også givet Hærens Efterret-
ningstjeneste besked om situationen. De er vist ved at forberede
en eventuel modtagelse af den 5000 mand store udryknings-
styrke i Værløse. Jeg synes, at du skal sige til dine piloter, at de
skal lægge deres nord/syd gående flyveruter lidt længere væk fra
grænsezonen. Vi kan ikke risikere, at der kan gå fly tabt, hvis
vi skulle komme lidt for tæt på!«

Mikael takkede for orienteringen, hvorefter de gik tilbage til Jacksons kontor.

»Nåh, du skal vel også se at komme tilbage til Karup . Det var godt at se dig i fuld vigør igen. Tak for i dag og kom godt hjem!«

* * *

Nede i forhallen ringede Mikael til Jaenette.

»Jeg er her i bygningen. Jeg har lige været til møde med Schultz og Jackson.«

»Hi min skat, hvor har jeg dog savnet dig. Kan vi ikke gå ned i byen og få en kop kaffe ? Jeg har ikke holdt frokost endnu. Det er jo så længe siden at vi sidst var sammen. Der er så meget, at må tale om.«

»Jo, lad os det.«

»OK, vi ses i forhallen om 5 minutter.«

De søgte ned til den lille Cafe', hvor de ofte havde drukket kaffe tidligere. Ved et bord nede bag i lokalet fandt de fred til at kunne fortælle hinanden om oplevelserne i den forgangne tid.

Først Jeanette om faderens sygdom. Han var nu heldigvis i bedring,og moderen mente, at han snart igen ville være ovenpå. Formentligt i den kommende uge.

»Sig mig, har du slet ingen forældre?«

»Nej, de er døde for adskillige år siden. De var begge temmelig gamle, da de fik mig. Jeg har kun en søster tilbage. Hun bor på Bornholm og er gift med en smed derovre.«

»Så ser du ikke meget til hende.«

»Nej, der kan gå år imellem, at vi ser hinanden – Jeg forsøgte at ringe til dig kort efter at østtyskerne havde forsøgt at få mig myrdet«

Jaenette blev dybt rystet.

134

»Hvad siger du – har man forsøgt at myrde dig?«

Mikael fortalte om den rumænske professionelle morder som DDR havde fået sendt til Danmark.

»PET havde forudset, hvad der kunne ske, så de gav mig en personlig livvagt. Desværre blev han skudt i brystet af attentatmanden. Han er imidlertid allerede ved at komme sig efter angrebet.«

Derefter fortalte Mikael om attentatet mod ham og forløbet, som førte til angriberens død.

»Det var heldigt, at jeg havde min militære kampkniv på mig, og at jeg heldig at ramme rumæneren i halsen, så han døde. Statsanklageren har i øvrigt skrevet til mig, at politiet frafalder anklagen for vold med døden til følge. Man undersøgte sagen fordi, at jeg som militærmand udenfor tjenesten havde et sådant mordvåben på mig. Men som sagt frafaldt man anklagen,idet det tydeligt fremgik, at det var mig der blev overfaldet, og at jeg handlede i nødværge.«

»Hvordan kunne de overhovedet være i tvivl?«

»Sådan undersøges den slags sager i Danmark. Det samme sker hver gang at en politibetjent bruger sit våben i tjenesten. På den måde sikrer myndighederne sig, at der ikke bliver misbrugt våben uden at der gribes ind!«

»Det var vel nok heldigt at du havde kniven med dig, og at du havde lært at bruge den i praksis. Det er jeg i hvert fald glad for!«

Hun bøjede sig ind over bordet og gav ham et smækkys,

»Bliver du hernede i nat?«

»Nej desværre. Jeg har vældig meget at gøre for tiden, fordi dels får jeg en tysk Eskadrille herop til at afløse de danske piloter og dem skal jeg tage afsked med ved en parade den 2, Maj. Alt dette skifteri giver en masse arbejde med at forberede tingene i Enheden. En af dagene får jeg for øvrigt et nyt fly.

Det er både større og hurtigere end det, jeg har nu. T33 typen udgår af det danske Flyvevåben – Nu bliver jeg nok nødt til at begive mig hjemad. Gider du køre mig ud på flyvepladsen?«

»Ja, når det ikke kan være anderledes. Hvornår ser jeg dig hernede igen og denne gang helst lidt længere tid?«

»Jeg tror desværre, at der går en 14 dages tid, men så skulle det også blive til en hel weekend fra fredag eftermiddag til mandag morgen.«

! OK, lad os aftale det nøjagtige tidspunkt lidt senere over telefonen. Kom lad os køre ud til flyvepladsen.«

* * *

Mikael vågnede i sit kvarter på Flyvestationen. Der var iskoldt i værelset, men trods det slog han dynen til side og stod op. Udenfor vinduet slog husskaderne ned mellem træerne i det tilstødende læhegn. Som en isblå eksplosion landede skaderne på jorden med deres metalskindende fjer. Mikael gik udenfor og spredte noget brød, som han den foregående aften havde haft med fra messen på jorden.

Skaderne kastede sig over godbidderne, mens Mikael frydede sig over deres entusiastiske glæde over det uventede morgen-måltid.Mikael vaskede og barberede sig, mens han tænkte på denne formiddags afslutning på hans omskoling til Saab Drakan. Straks efter morgenmaden i messen begav han sig over til Eskadrille 725, hvor han startede sin tur på TF 35éren. Nu havde han efterhånden fløjet 12 timer på typen og turen med instruk-tør forløb tilfredsstillende. Instruktøren steg af og sagde :

»Nu er det din tur – fra nu af er du overladt til dig selv.«

Mikael lukkede canopiet og gjorde klar til at rulle ud til banen til sin første solotur på Draken.

»Du tager blot en kort tur – går op i 2500 fod og flyver der-efter ind til landing. God tur!«

Efter turen fik Mikael den sædvanlige buket blomster og blev
erklæret færdiguddannet pilot på typen.

Tilbage på sit kontor blev han ringet op af Jackson. Da ty-
skerne skulle ankomme i morgen havde Jackson en hel del som
han syntes, at Mikael skulle briefes om og bad ham om at flyve
ned til HQ (Hovedkvarteret) samme eftermiddag.

»Det passer sådan set udmærket. Jeg har her i formiddag
netop afsluttet min uddannelse på TF 35 Draken og kan godt
bruge en tur til Belgien med det nye fly. Hvad tid vil Du gerne
se mig dernede?«

»Tja, lad os nu se – klokken er lidt over to. Kunne du være
her ved 16 tiden?«

»OK, jeg jeg kommer! Så får jeg også lidt mørkeflyvning på ve-
jen hjem. Tro Du at jeg kan spise til aften i messen dernede?«

»Det skulle der ikke være noget i vejen for. Vi kan spise sam-
men. Vi ses i eftermiddag.«

* * *

Mikael gik ind til Ebbe Madsen og fortalte ham, at han var
blevet bedt om at komme ned til Mons i eftermiddag.

»Jeg har i øvrigt afsluttet min uddannelse på Draken her til
formiddag, så jeg tager min nye flyver derned. Så får jeg også
en lidt længere tur, så jeg kan vænne mig til den.«

Ebbe syntes at det var en udmærket ide. Mikael sagde :

»De tyske mekanikere og jordpersonellet kommer herop i
lastbiler i aften. Kan du ikke tage imod dem, så de kan få et
sted at spise og sove. De kommer allerede i dag, fordi de skal
være klar til at modtage flyene, når de når frem i morgen til
frokost. Jeg forventer, at returnere først på aftenen.«

»OK jeg skal nok tage mig af tyskerne, når de kommer .«

* * *

Vel ankommet til Mons blev Mikael sat ind i alle de sidste detaljer vedrørende den tyske eskadrille. Deres Fiat G 90 fly skulle kun bevæbnes med to raketter samt have fyldte magasiner til maskinkanonerne. Denne forenkling betød også at våbenmagasinet i hangaren blev mindre belastet.

»Endelig slipper du jo også af med dit reservedelsproblem du har med det langsomt fungerende centraldepot. Det må vist gøre livet lidt lettere for dig!«

»Ja mon ikke ? Jeg har sådan set kun haft problemer med den sløve fyr som leder depotet. Gud ske lov, at jeg slipper for ham for fremtiden. Fra nu af er det Eskadrille 725, som udfører alle eftersyn,som er større end dagligt eftersyn på de to draken fly, vi har tilbage. Jeg er i øvrigt lidt spændt på at møde den tyske Eskadrillechef, major Hans Haack. Det bliver også spændende at se, hvordan deres mekanikere kan passe sig ind under min værkstedschef premierløjtnant Eskesen.«

De talte videre om driften af kurervirksomheden indtil klokken blev 18.

Der kom meddelelse fra general Schultz om, at de straks efter middagen skulle stille på hans kontor.

Da de efter måltidet i messen begav sig op til Schultz, blev de straks ledet direkte ind på hans kontor. De blev bænket i de behagelige lænestole omkring sofabordet.

»Velkommen mine herrer. Jeg tror desværre, at vi er løbet ind i noget af en militær krise. Det drejer sig om landgangsøvelserne ved DDR's Warneünde. Schultz rakte dem et par billeder.

»Dette var situationen kl 18.oo fotograferet fra vores satelit. Som I kan se, er der en kolossal ophobning af materiel på stranden. Hvis alle de både bliver fyldt op med soldater, taler vi om en styrke på omkring 10 000 mand. Fotos fra den nærliggende militærflyveplads viser, at her er omkring 1000 helikoptere parkeret. Hvis en operation af den størrelsesorden skal løbe af stabelen, kan man absolut få en anelse om, at der forestår en landgang i Danmark!«

»Mikael fik en iskold fornemmelse i maven. Hvis det blev styrkemålet for en landgang på Lollands og Falsters Kyster, havde Danmark overhovedet ikke noget at stå imod med. General Schultz fortsatte :

»Vi har herfra alarmeret Forsvarsministeriet i København og bedt dem om at sætte Flyvevåbnet og Raketenhederne i højeste beredskab. Såvel deres som vores overvågningsradar er oppe på det yderste af neglene, og vi vil selvfølgelig sørge for at give danskerne besked om eventuel bevægelse fra DDR's side.«

Det bankede på døren, og en officer kom ind med en telexblanket i hænderne.

»Vi har netop modtaget dette her fra Forsvarsministeriet i Danmark.« Han rakte papiret til Schultz som hurtigt scannede nedover siden.

»Danmark meddeler, at de har alarmeret Flyvevåbnet, Raketterne, Hjemmeværnet og Flåden. Flyvevåbnet sender 2 Eskadriller Draken – fuldt bevæbnet med alt, hvad man har til rådighed af våben for søkrigsoperationer. Derudover er en Eskadrille Fl04 jagere sat på højeste beredskab og skal, hvis det bliver nødvendigt sættes ind som reserve.

Hjemmeværnet fra Sydsjælland, Lolland og Falster er indkaldt og udkommanderet til Lollands og Falsters Sydkyster. Raketeskadriller er i højeste beredskabsgrad og skal være klar til at beskyde såvel den indkommende invasionsflåde, så snart de overskrider grænsen til dansk Territorium samt mål på den østtyske kyststrækning. Flåden har sendt diverse skibe såvel fra København som Korsør. Her er der tale om både Fregatter, Korvetter og motortorpedobåde. Det er sandsynligvis ikke nok, men vi har sikret os, at flådebasen i Kiel sender, hvad de har til rådighed af skibe mod stedet. Det tyske Flyvevåben har Eskadriller i højeste beredskab på samtlige baser over hele

Nordtyskland og skal gå i aktion så snart grænsen til dansk territorium overskrides. Vi sørger omgående for at chefer for alle NATO-enheder i Europa skal være på deres poster.« Her så han direkte på Mikael.

»Det gælder også dig. Jeg hører, at du er flyvende i en overlydsjager i dag. Det betyder at du omgående tager af sted og flyver med højeste hastighed dit fly kan præstere hjem til Karup. Jeg har sendt meddelelse til Flyvertaktiksk Kommando om, at der kommer et fly med overlydshastighed ad ruten her i aften. Hvor hurtigt er dit fly?«

»Når jeg, presser det skulle, jeg kunne flyve med cirka 2 gange lydens hastighed.«

»Godt, du tager af sted omgående. Ring til tankfolkene på flyvepladsen og få dem om at fylde så meget brændstof på flyet som muligt du bliver sikkert nødt til at bruge efterbrænderen det meste af vejen. Har du HF Radio ombord?«

»Ja, jeg har det hele!«

»OK, så tal med flyvelederen i Karup og bed om instrukser til flyverute og –højde. Så af sted med dig – Jeg sørger for at holder en vogn til dig ved vores hovedindgang. Kom godt hjem, og ring til os når du er landet!«

»Javel hr general – jeg tager af sted med det samme.«

Da Mikael var kommet ud til flyet, åbnede han omgående HF-radioen, valgte den rigtige frekvens og kontaktede Flyvekontrollen på Flyvestation Karup. Til Operationssektionen gav han besked om at have modtaget ordre fra NATO om at flyve fra Chievres til Karup med overlydshastighed. Ordren var udstedt af NATO's øverstkommanderende general Schultz.

Operatøren svarede tilbage, at flyveordren allerede var indgået på fjernskriveren, og at man beordrede Mikael til at flyve ad ruten Chievres ud over Nordsøen med direkte stigning til 40 000 fod. Ud for punktet 265 grader mod Karup skulle han nedsætte hastigheden til 600 knob, mens han påbegyndte en decent til 3000 fod. Han skulle derefter kalde op til Karup Tower, som derefter ville lede ham ind til landing. Mikael bekræftede ordren og skiftede til Chievres Tower hvor han afgav sin flyveplan og bad om tilladelse til at starte motoren og umiddelbart efter at taxie ud til bane i brug.

Han fik tilladelsen til at starte motoren, men måtte afvente et yderligere opkald for taxietilladelse. Den løb ind tre minutter senere. Mikael var i mellemtiden blevet færdig med at gennemgå checklisten og var klar til at taxie ud til startbanen. Undervejs fik han tilladelse til at køre direkte ud på bane i brug og udføre umiddelbar take off.

Efter at være kørt ud på startbanen bremsede Mikael flyet, tændte for efter brænderen og kontrolerede at den fungerede korrekt. Han gav fuld gas og slap bremserne. Flyet accelererede som en løbsk hingst og allerede efter 100 meter var han i luften. Understellet blev omgående taget ind og flyer accelererede stadig selvom næsen nu pegede næsten lodret opad. Efter få minutter nåede han de 40 000 fods højde, fladede ud og fortsatte accelerarionen til max hastighed. Det føltes uvirkeligt – helt utroligt. Mac måleren (et speedometer som angiver hastigheder højere end lydens) fortsatte ubarmhjertigt opad. Flyet var i dag let idet der kun var 1 pilot ombord og ingen våbenlast kun to ekstratanke. Endeligt standsede hastighedsmåleren sin stigning – den viste nu Mac 1,9 det vil sige cirka 2100 km i timen.

Mikael glædede sig over at flyet lå fuldstændigt roligt i luften. Det føltes ikke anderledes end at han fløj med næsten 2 gange lydens hastighed. Det var næsten som at flyve ved betydeligt lavere hastighed. Som han normalt plejede.

Mikael kaldte op til Flyvekontrollen som normalt klarerer al flyvning mellem flyvepladsen (en rute) og afgav melding om at hans hastighed i 40 000 fod var Mac 1,9. Svaret var :

»Danmil 12, her er Netherland Controle. Jeg syntes nok, at du bevægede dig lidt hurtigt hen over min radarskærm. Du kan roligt fortsætte, der er ingen anden trafik i din højde. Meld af før du skifter til Karup Tower!«

»Det er forstået – 12«

Mikael rettede ind på en Nordlig kurs. Dybt under sig så han Nordsøens vand genspejle månens lys.

Instrumentet som indikerede radiofyrenes position viste, at han snart nåede det punkt,hvor han skulle dreje ind mod Flyvestationen. Et blik på den resterende tankbeholdning sagde at det snart var tid til at slukke efterbrænderen, som jo var årsag til et uforbeholdent stort brændstofforbrug. Efter 30 sekunder slukkede han for efterbrænderen samtidig med at han reducerede gashåndtaget til halv kraft. Det formeligt føltes, som om han havde slået bremserne i og blokkerede hjulene på en sportsvogn. Flyet begyndte at decente (gå nedad) og nu tabte han hurtigt højde. Mens det stod på kaldte han Karup Tower. Meddelte hvad han foretog sig og bad om instrukser for indflyvning.

»Danmil 12, her er Karup Tower. Decent til 3000 fod og flyv ind i trafikzonen fra vest med 600 knob. Du kan flyve direkte ind mod bane 28. Meld passage af outermarker ! (det yderste af 3 radiofyr på indflyvningen).«

Mikael passerede kysten i 9000 fods højde og decentede videre ned de befalede 3000 fod. Snart kunne han se på instrumenterne at han nærmede sig outermarkeren og gik ned i 2500 fod for indflyvning. Til Tower meldte han:

»Danmil 12 – outermarker i 2500 fod.«

»Danmil 12 – det er tilladt at lande på bane 28. Vinden er 90 grader – 5 knob. Meld short final ! Karup Tower .«

Mikael var nu gået ned på 250 km/t og fulgte anflyvningsvinklen som blev angivet af instrumenterne. Foran ham lå den oplyste alle af lamper på begge sider af landingsbanen. Han meldte:

»Short Final!«

»You are cleared to land!«

Hjulene tog banen, Mikael bremsede farten ned og drejede af mod Enhedens hangarer. Han kiggede på uret og noterede sig at turen fra Belgien havde taget 21 minutter. Waw! Det var det hurtigste, han nogen sinde havde fløjet.

Efter at have parkeret Draken gik han til OP og hilste på Ebbe.

»Så har du mig tilbage. Ring lige ned til Mons og giv Schultz besked om, at jeg er landet. Er de tyske mekanikere kommet?«

»Velkommen tilbage – ja de er kommet og er blevet afleveret på deres kvarterer. Du kom hurtigt tilbage, hører jeg!«

»Ja på grund af alt det, der med Østtyskernes landgangsøvelser, blev jeg beordret hjem med overlydshastighed. Jeg skal da ellers love for, at den svenske kasse kan flytte sig. Turen tog 21 minutter.«

»Sig mig, hvor hurtigt fløj du egentligt?«

Mac viseren viste 1,9. det er 2100 km/t. Jeg fik også brugt alt brændstoffet på turen.«

»Hold da kæft – det må jeg nok sige. Det får jeg vist aldrig prøvet – desværre!«

* * *

9

Chefen for Flyvevåbnet Holst Sørensen ringede til Eskadrille 729 i Karup .

»Goddag Eskadrille 729, det er chefen for Flyvevåbnet, jeg vil gerne tale med Eskadrillechefen.«

»Major Dønvang. Goddag her general.«

»Jeg skal bruge Deres fotofly til en specialopgave. Vi er ved at blive invaderet af en landgangsstyrke fra DDR. Deres fly er identiske med jagerbomberne i Eskadrille 725. Jeg har brug for alle de bevæbnede fly, vi kan skaffe. Deres piloter er jo fortrinsvis uddannet til fotorecognosering, men vi har dobbelt så mange kamppiloter som fly i 725. Hvor mange operationsklare fly har De?«

»Alle vore 20 fly er flyveklare hr general«.

»OK, jeg skal bruge de fly til at patruljere på grænsen mellem Danmark og den internationale zone. sammen med flyene fra Eskadrille 725. Som sagt har vi kampuddannede piloter klar i Eskadrille 725 og ønsker derfor, at De omgående sender de 19 fly over til 725 for at de kan blive bevæbnede og fløjet på patrulje af piloter derfra. Et fly skal De sende ud til området ved zonegrænsen ud for Lolland – Falster og gennemfotografere bl.a. de østtyske styrker, som befinder sig på vandet der!«

»Javel hr general. Får vi orden bekræftet skriftligt?«

»Ja Flyvertaktisk Kommando sender en telex herfra. Sæt omgående ordren i værk!«

Straks taxiede 19 piloter deres fly over til våbendepotet ud for Eskadrille 725

To timer senere fik samtlige 42 fly, som nu var maximalt bevæbnede, ordre til at gå i luften for at patruljere over grænsen til dansk område syd for Lolland – Falsters kyster .De havde ordre til at gribe ind såfremt at DDR's landgangsbåde overskred grænsen til dansk territorium. De patruljerende fly dannede formationer a'4 fly på linie efter hinanden og dækkede dermed det meste af området. Det de så i den sydlige horisont var enorme mængder af landgangsbåde med massevis af helikoptere dækkende over sig. Alle nærmede sig, med stor fart dansk område.

Raketeskadrillerne fik de nyeste radarbilleder transmitteret direkte til deres kommandocentre, så de var klar til at fyre, så snart man kunne konstatere, at de indtrængende landgangsbåde passerede demarkationslinien.

I Ålborg sad piloterne klar i alle de 24 fly fra F 104 eskadrillen, klar til at starte med omgående varsel for at komme de patruljerende Drakenfly til assistance. Med overlydsfart kunne de være i området ca 15 minutter efter start.

Fra flådebasen i Korsør var skibe i Fregat og korvetklassen afsejlet mod det truede område. På grund af afstanden kunne disse skibe ikke nå i tide til at assistere Flyvevåbnet.

Fra den tyske flådebase i Kiel var 7 skibe afgået. De var omtrent nået halvvejs frem til aktivitetsfeltet.

Fly fra de Nordtyske luftvåbenbaser stod klar til at gå i luften for at gribe ind såfremt at grænsen til Danmark blev overskredet.

I DDR sad den tyske kommanderende general Mühlerberg og glædede sig over den præsition, hvormed hans landgangsstyrke avancerede på. Endnu havde han ikke bestemt sig for at afbryde øvelsen. Det gik jo overmåde godt, så hvorfor ikke fortsætte indtil de nåede den danske kyst.

Nu fik han imidtertid melding om, at massive danske flystyrker var dukket op ved zonegrænsen. Nu begyndte han så småt at tvivle på, om det måske alligevel ikke vil forløbe helt så gnidningsløst.

Imens iagttog flyvepatruljerne at landgangs styrken med både at se så langt øjet rakte, uimodståelig fortsatte frem imod Danmark.

Telefonen på bordet foran Mühlenberg kimede. Det var den russiske forsvarschef;

»Sig mig hvad, i helvede har De gang i ? Er De klar over at
De er ved at starte 3. verdenskrig?«

»Så slemt er det vel næppe, hr Marshal. Det er jo bare lille
Danmark vi drager frem imod!«

»Er De overhovedet ikke klar over, hvad De har sat i gang ?
Hele NATO i nordflanken står klar med gengældelsesaktio-
ner. Danmark har sat sit flyvevåben ind med raketter og det
hele – Vesttyskland står klar med alle sine flystyrker. Norge og
England er rede til at starte sine flystyrker op. Måske bruger
NATO også atomvåben. De har gud hjælpe mig fået vækket
hele NATO med, hvad det i værste fald indebærer, og vi har
ikke en skid klar til at svare igen omgående.

De har kraft edeme at få standset den »landgangsøvelse «,de
har sat i gang. Jeg forlanger, at alle både gør omkring og vender
tilbage til DDR senest 100 meter, inden de når zonegrænsen
! Personligt tror jeg godt, at De kan begynde at se Dem om
efter Deres pension, såfremt De overhovedet får en sådan en !!
»Marshallen smed røret på.

Chefen for Eskadrille 725, major Nielsen, kiggede mod syd og
sagde til sig selv, at han aldrig før havde set så mange landgangs-
fartøjer og helikoptere før. De strakte sig mod syd så langt øjet
rakte. De nærmeste var nu tæt på grænsen til dansk farvand.

Han kaldte Eskadrillen over radioen og gav ordre til at af-
sikre våbnene – »Gør klar til at angribe. Første bølge angriber
landgangsbådene med raketter. Anden bølge tager sig af heli-
kopterne ovenover – brug også her raketter!«

Samtlige gruppeførere meldte at ordrerne var modtaget.

Pludseligt skete der noget nede på vandet. Cirka 100 meter
inden zonegrænsen vendte de forreste både omkring og begyndte
at sejle tilbage mod DDR's kyst. De næstfølgende både gjorde
det samme efterhånden som de kom frem til punktet med de
100 meters afstand fra zonegrænsen.

146

Major Nielsen kiggede forbavset ned på fjendens bevægelser. Hold da helt op, de returnerer minsanten.

Over radioen gav han ordren »Hold inde – Eskadrillen SIK-RING!«

Alle i patruljeflyene drog lettelsens suk. Så blev der heldigvis ikke krig denne gang.

I Flyvertaktisk Kommando fik man besked fra radar centrene og gav straks besked til Eskadrillens hjemmebase. Her kunne man meddele at Eskadrillechefen allerede havde beordret: HOLD INDE !

* * *

Klokken tolv ankom den tyske Eskadrille. De blev af flyvelederen dirigeret op til Enhedens hangarer og beordret til at parkere flyene på række ud for hovedhangaren.

Major HANS Haack samlede sine piloter om sig og gav ordre til, at der var overdragelsesparade her foran flyene kl 13oo.

Major Ebbe Madsen kom ud på pladsen for at modtage gæsterne. Han gav Hans Haack ordre til at melde sig på oberstløjtnantens kontor inde i den forreste bygning. Kort efter bankede han på døren til Mikaels rum. Han rejste sig og bød den tyske major velkommen.

»Gik turen herop godt?«

»Ja, der var ingen problemer. Jeg kan se at mit jordpersonale er ankommet. Det var perfekt, at de som er vandt til vore fly kunne deltage i at parkere dem!«

»Udmærket. De danske piloter passer jo forretningen i dag og de fleste af dem er ude på tjeneste så der er lidt trangt på pladsen endnu. I morgen bliver vore fly imidlertid afleveret til Flyvevåbnet. De skal helt udgå af tjeneste. Så fra i morgen tidlig overtager De kurertjenesten og der bliver plads til alle Deres fly ude på platformene. Vi har også sat et kontor af til Dem. Her skal De se, det er tre døre fra mit!«

»Jeg har givet mine piloter besked på, at der er overdragelsesparade kl 1300 foran vore parkerede fly. Jordpersonalet har endnu ikke fået besked – hele Eskadrillen skal jo helst deltage.«

Godt jeg ringer over til min værkstedschef – så kan han give folkene besked om at stille. Vi har i øvrigt en bus stående parat til at køre piloterne ned til messen, så de kan få noget frokost. Bussen vil være klar til at køre dem tilbage kl 1345.«

Umærket. Jeg får lige fat i piloterne med det samme!«

Efter frokost stillede den tyske Eskadrille op på paradepladsen, og Mikael kom ud og fik officielt overdraget den nye enhed.

»Velkommen til NATO/MITGE idaglig tale for nemheds skyld kaldet Enheden. Jeg har en praktisk besked til Dem: »Her direkte efter paraden går De medbringende Deres bagage direkte tilbage til bussen. De vil derefter blive transporteret ned til Deres kvarterer, som ligger lige ved siden af messen. Vore administrationsfolk vil være dernede og overdrage Dem Deres kvarter.

Klokken 1600 vil vi samles i briefinglokalet inde i Eskadrillebygningen. Der vil jeg sætte Dem ind i arbejdsgangen her i Enheden. Vi mødes igen kl 1600. – Enheden aftrådt!«

Briefinlokalet var fyldt. Alle de tyske piloter var på plads iført deres bedste uniform. Præcis kl 1600 trådte Mikael ind ad døren og gik direkte op på talerstolen.

»Velkommen mine herrer. For de som endnu ikke har opdaget det, kan jeg oplyse, at jeg hedder Mikael Lassen og er chef for denne NATO-specialenhed. Som De kan se på min uniform, er jeg oberstløjtnant. Jeg har allerede nævnt at vort officielle navn er NATO/MITGE. Et vanskeligt nærmest uudtaleligt navn. Derfor er jeg blevet enig med NATO-hovedkvarteret om, at vi i daglig tale kaldes ENHEDEN.

De vil utvivlsomt have fået at vide, at vor opgave er at betjene NATO-hovedkvarteret nede i Mons (Belgien) med at bringe taktiske befalinger ud til alle kommandoposter i hele Europa. Kort sagt, vi driver herfra en 24-timers kurertjeneste. De vil sikkert også og med rette undre Dem over at NATO har valgt en så kostbar metode til at distribuere sine konfiditielle ordrer på. Årsagen er kort fortalt at det for godt et års tid siden lykkedes for Østblokken at bryde ind i vort fjernskrivernet således at de helt til Moskva er i stand til at aflæse alt, hvad der transmitteres på vort elektroniske netværk. For ikke at blive kigget over skuldrene i vort kommandonet mente NATO's Forsvarskommission, at det var bedst at kunne bevare vore taktiske dispositioner for os selv. Derfor oprettedes denne Enhed. Opgaven blev i sin tid overgivet til mig. Det hele fungerer til alles tilfredshed og det er lykkedes for os at holde Enhedens opgaver hemmeligt lige frem til i dag. Da vi selvsagt ikke ved hvor meget Østblokken ved om os, er det stadig af største betydning, at vi ikke taler om Enheden,og det arbejde, som udføres her. Altså, mine herrer, vi holder fortsat fuld hemmelighed om alt hvad, der foregår i denne Enhed.

Da vi døgnet rundt flyver over hele Europa er det nødvendigt for os at have vores egen Operationsafdeling i daglig tale kaldet OP. Den ledes af major Ebbe Madsen – som står lige her.«

Mikael pegede på Ebbe.

»Han vil dagligt stå for briefingen samt den operative drift. Briefing er hver morgen kl 07oo.

Major Madsen står også for inddeling af samtlige piloter til den daglige vagtfordeling. Normalt vil vagtlisten, der er for en uge ad gangen, være ophængt på tavlen i vagtstuen i den anden bygning.

Major Madsen vil bagefter i detaljer, gennemgå næste uges flyvninger.

På border her fremme ligger opslagsbøger en til hver af Dem. I den kan De finde alle oplysninger om de flyvepladser, som vi frekventerer. Her er opgivet såvel nøjagtig beliggenhed, radiofrekvenser samt et kort over de enkelte destinationer m.v. Hav den altid på Dem såvel underplanlægning af den daglige flyvning som en rute ! Når De ikke er i tjeneste bør den altid låses inde i deres personlige skab. I øvrigt står al operativ tjeneste under kommando af OP.!

Den øvrige tjeneste i Eskadrillen ledes som sædvanligt, af Major Hans Haack. Den øverste kommando over Enheden ligger hos mig, som er direkte ansvarlig overfor vor øverste chef i NATO, general Jackson. Enhedens næstkommanderende er også Major Madsen.

Alle kontorer d.v.s. Administration, OP, Eskadrilleledelse og chefkontoret finder De i denne bygning. Værkstedchefen Premierløjtnant Eskesen holder til i hovedhangaren.

Ja, det var vist i grove træk en gennemgang af de daglige gøremål – generelt. Nu vil jeg overlade ordet til major Madsen som vil gå i detaljer med det operationelle.

Tak d'herrer!«

Mikael forlod lokalet og gik ned til sit kontor. Han ringede til general Jackson og satte ham ind i overdragelsen og hvad man herfra havde informeret piloterne om.

»Jeg vil foreslå, at jeg kommer ned til dig på fredag – skal vi sige kl 15oo? Så kan vi få samlet op på hvordan det er gået med de nye i den første uge.«

»Ja, det tror jeg er en udmærket ide. Lad os bare sige kl. 15.oo. Jeg skal nok sørge for en vogn til at afhente dig.

Det var vel nok heldigt at DDR valgte at trække sig tilbage i går ! Sikke en balade der kunne være blevet, hvis de ikke havde gjort det !

150

NÅ, det kan vi tale om på fredag – Tak fordi du ringede – vi ses på fredag!«

Da forbindelsen var blevet afbrudt ringede Mikael til Jaenette og fortalte hende, at han skulle til Jackson på fredag kl 15. Når jeg er færdig der, kan vi starte vores weekend sammen. Jeg ringer til dig når jeg er færdig. Jeg glæder mig til en god lang weekend sammen med dig.«

»Jeg har også gået og glædet mig. Sylvie har proklameret at hun vil tage ned til mine forældre i Lyon –

Så vi har det helt for os selv. Jeg bliver på kontoret, indtil du ringer. Vi ses, min skat«

* * *

Jackson havde ringet og fortalt, at der var blevet klaget over at nogle af vore piloter var kommet for sent frem til visse destinationer. Det drejede sig specielt om nogle steder i Sydeuropa, hvor afhentningsvognene i visse tilfælde havde måttet vente op til 30 minutter på, at kurerflyet var landet. Mikael fik oplyst, hvilke flyafgange og ankomsttider det drejede sig om så han kunne gå ind i vagtlisterne og se hvilke piloter der var tale om. Da han havde fundet navnene på de tre piloter det drejede sig om, tilkaldte Mikael major Haack.

Da denne kom ind på kontoret sagde Mikael :

»Sid ned Hans. Jeg er blevet ringet op af vores chef i Mons. Han klager over, at nogle få af vore piloter ikke er præcise nok med at overholde deres ankomsttider, .det drejer sig om, disse tre her.«

Han rakte vagtlisten med de tre piloters navne indstreget til majoren.

»Man fortæller mig, at de er ankommet til destinationerne op til 30 minutter for sent i forhold til deres ETA (planlagte ankomsttidspunkt). Vil du være så venlig at tale med de tre således, at vi kan få opklaret hvorledes det hænger sammen. Det er meget nødvendigt, at vi er fuldkommen præcise, idet vi ikke ønsker at give eventuelle fjentlige agenter mulighed for at kunne overfalde og i værste fald frarøve chaufføren, hvad han måtte have af ordrer i vognen.«

Hans Haack kløede sig i nakken og sagde :

»Jeg skal omgående få fat i de tre fyre og afhøre dem om de omtalte tilfælde. Når jeg har talt med dem kommer jeg ind med en rapport til dig.«

»Det er helt OK. Hvis du skønner det påkrævet kan du godt tage de nævnte piloter med her ind. Så kan vi sammen få opklaret sagerne.«

»Nu hører jeg først og fremmest hvad de har at sige til deres forsvar, så må svarene afgøre, hvorvidt det bliver nødvendigt at ulejlige dig!«

Major Haack gik derefter hen til sit eget kontor, hvorfra han tilkaldte de tre piloter til samtale, én ad gangen. Et par timer senere bankede han igen på Mikaels dør.

»Må jeg forstyrre ? Nu har jeg talt med de tre syndere.«

»Ja, kom endelig ind.«

»Herr oberstløjtnant, de fortalte alle tre samstemmende at de har måttet vente i Chievres på NATO-chaufføren i op til en halv time. Det er derved at forsinkelsen er opstået.«

»Tænkte jeg det ikke nok – igen ligger fejlen hos NATO's transport. Piloterne må, hvis de igen bliver udsat for forsinkelser fra bilerne kalde op til flyveledelsen og få ændret deres ETA så forsinkelsen ikke går videre i systemet.«

»Det har jeg også fortalt dem – det burde de selv have fundet ud af.«

»Det er ikke første gang, at vi har været udsat for kritik af præcitionen og hver gang har undersøgelser vist, at fejlen har ligget hos NATO's ansatte i hovedkvarteret. Jeg skal derned på fredag og tale med general Jackson. Der skal jeg nok sørge for at give sorteper videre til de rette skyldige. Men som sagt, har vore piloter altså også lov til at bruge hovedet, så vi ikke får den slags situationer igen. Jeg vil stadig have lov til at betragt vore piloter, som at tilhøre eliten indenfor NATO.«

* * *

Om fredagen blev Mikael hentet af Jackson på flyvepladsen.

»Hi Mike ! Jeg måtte lige ud for at se Dit nye fly. Er det ikke svenskerne som fremstiller den?«

»Hi Chris. Jo den er fra Sverrige – en pragtfuld fugl med masser af kræfter.«

»Ja Du fløj jo hjem i sidste uge med overlydshastighed. Hvor hurtigt fløj Du egentlig?«

»Jeg fik sparket den op på Mac 1,9 det vil sige omkring 2100 km/t«

»Det var godt nok satans, så har det kun taget Dig en halv times tid at flyve hjem.«

»Nøjagtigt 21 minutter – det er godt nok det hurtigste jeg har fløjet indtil nu!«

Mikael forlod Jacksons kontor 2 timer senere og generalen havde sørget for at de havde røde ører i staben.

Nede i forhallen ringede Mikael op til Jaenettes kontor og kort efter kom hun ned til ham.

»Hej min skat. Hvor er det skønt at have dige her igen.« Hun hævede sig op på tæerne og gav Mikael et hurtigt smæk-kys.

»Skal vi ikke køre hjem, jeg har købt en kalvesteg. Vi kan lige standse hos vinhandleren og få en god rødvin med hjem.«

»Skønt. Jeg har også en masse at fortælle Dig. Det meste af det er bedre egnet til at berette hjemme end på en restaurant.«

De gik ned til Jaenettes bil og kørte, efter et hurtigt besøg hos vinhandleren, hjem til huset i Namy.

Feb. 2010 Kurt Grøndahl Mortensen